KB117489

오랜만에 맛깔난 말을 읽었다. 어떤 참외는 상처가 나고 어떤 참외는 곱게 자라지만 맛은 같다는 조수용 할 망, 사람도 오이처럼 새파랗게 사는 거라는 오가자 할망, 마음이 다 다르니 그림도 다 다르다는 김인자 할망… 캬! 할망들의 말이 예술이다. 가져다 내 소설에 쓰고 싶다는 욕망을 참아내며 천천히, 찬찬히, 할망들의 평생을 읽었 다. 신산했던 할망들의 삶은 고스란히 마음에 고여 말이 되고 그림이 되었다. 평생 묵은 할망의 말을 세상으로 꺼 내 이중섭의 〈소〉보다 더 빛나고 값진 그림으로 만든 건 최 소연 작가다. 물론 그가 내어준 것은 고작 스케치북과 색 연필, 물감뿐이었다. 그 작은 행위가 여덟 할망의 삶을 예 술로 승화시켰다. 한 할망이 그랬단다. "마음속 말이 그림 으로 나오니 그게 해방이주." 그라제! 그거이 예술이제. 예 술이 별 거가니?

정지아 소설가, 《아버지의 해방일지》 저자

할머니의 그림 수업

할머니의 그림 수업

: 그림 선생과 제주 할망의 해방일지

1판 1쇄 인쇄 2023. 6. 23.
1판 1쇄 발행 2023. 7. 11.

지은이 최소연

발행인 고세규
편집 김성태, 김은하 디자인 박주희 마케팅 김새로미 홍보 반재서
발행처 김영사
등록 1979년 5월 17일(제406-2003-036호)
주소 경기도 파주시 문발로 197(문발동) 우편번호 10881
전화 마케팅부 031) 955-3100, 편집부 031) 955-3200 | 팩스 031) 955-3111

저작권자 © 최소연, 2023
이 책은 저작권법에 의해 보호를 받는 저작물이므로
저자와 출판사의 허락 없이 내용의 일부를 인용하거나 발췌하는 것을 금합니다.

값은 뒤표지에 있습니다.
ISBN 978-89-349-5432-3 03810

홈페이지 www.gimmyoung.com   블로그 blog.naver.com/gybook
인스타그램 instagram.com/gimmyoung 이메일 bestbook@gimmyoung.com

좋은 독자가 좋은 책을 만듭니다.
김영사는 독자 여러분의 의견에 항상 귀 기울이고 있습니다.

할머니의 그림 수업

: 그림 선생과 제주 할망의 해방일지

최소연 지음

김영사

일러두기 ─────────────────────────────────

1. 저자 고유의 문장을 살리기 위해 입말과 방언 등은 되도록 고치지 않았다.
2. 제주 방언 풀이는 저자의 해석을 따랐고, 최초 등장 시 1회만 병기했다.
3. 할머니들의 글은 문장의 개성과 완결성을 위해 원문을 그대로 옮기되 띄어쓰기와
   문단 구성을 새로 정리했고 맞춤법이 틀린 경우 바른 표기를 일부 병기했다.

선한 사람들이 사는 마을이라 하여
'선흘'이라는 이름이 붙은
제주 조천읍 선흘 마을.

동백동산으로 유명한 이 마을에
그림 선생이 이사 오면서
여덟 할망들의 그림 수업이 시작되었다.
최연소 할망은 1940년생.
최고령 할망은 1930년생.

일제강점기에 태어나 먹고사느라
제주 4·3을 겪어내느라
글을 제대로 배우지 못했고
자신을 위한 시간을 써보지 못했던 할망들.

그런 할망들이 손에 잡던
화투와 호미를 놓고 붓을 집어 들었다.
가족들이 떠난 할망의 집은
그림으로 채워져 미술관이 되었다.

그림이 왜 좋냐고 묻자 할망은 답한다.
"그림 그리는 게 막 좋아."
"마음속 말이 그림으로 나오니 그게 해방이주."

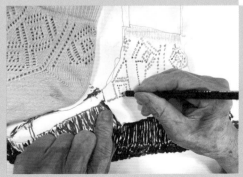

사진 ⓒ 달여리

머물고
그리며

환대하라

조한혜정

할머니, 문화인류학자, 연세대학교 명예교수

영화 〈밤에 우리 영혼은 Our Souls at Night〉은 70대 중반에 접어든 할머니 할아버지가 고립의 시간을 더불어 사는 시간으로 바꾸어가는 이야기다. 배우 제인 폰다와 로버트 레드퍼드의 노련한 연기로 시선을 끈 영화이기도 하다. 주인공 에디는 이웃에 사는 홀아비 루이스를 찾아가 별난 제안을 한다. 섹스 없이 함께 잠을 자자는 것. 밤이면 더욱 생생하게 다가오는 고립감을 어둠 속에 함께 누워 대화하며 달래보자는 것이다. 루이스는 숙고 끝에 제안을 받아들이고, 두 사람은 그저 함께 있는 것 자체로, 마음속 이야기를 나누는 것 자체로 충만해지는 자신들을 보게 된다. 루이스는 이제 여자 따먹는 농담을 하며 낄낄대는 동네 남자들의 맥주 모임에 가지 않는다. 대신 별거하는 부모 사이에서 외로운 에디의 손자를 데리고 캠핑을 하거나 기차놀이를 한다. 따뜻한 우정으로 마음에 여유가 생긴 에디도 오랫동안 갈등 관계였던 아들과 화해한다. 극단적 부부 중심 사회로 배우자가 죽으면 기약 없는 고립의 시간을 견뎌야 하는 미국의 노인들에게 이 영화는 커다란 해방감을 선사했을 것이다.

내가 사는 제주 마을에도 영화를 찍어도 될 법한 사례가 있다. 영화는 오십 중반에 접어든 그림 선생이 동네 할머니의 집 문을 두드리면서 시작될 것이다. 여든여섯의 홍태옥 할머니는 코로나 때문에 노인회관도 못 가고 친구 집도 못 가게 되면서 하루하루가 적막하고 외롭던 차였다. 제주에서는 할머니들이 일을 나갈 수만 있으면 나이가 아흔이라도 나가는데 작년에 갈비뼈가 부러져 일도 못 나가게 되었다. 그때 동네 그림 선생이라는 사람이 찾아와 '할머니 예술 창고'를 하겠다며 하루 동안 집 창고를 빌려 달라고 한다. 8년 전에 동네 주민센터에서 개설한 '어르신 그림책 학교'를 다니면서 그림을 조금 배웠던 터라 반갑게 그리라고 했다. 어느 토요일, 마당 한가득 청소년과 어른 여럿이 모여 풍경도 그리고 꽃과 나무와 오래된 도구와 빗자루와 솥과 이불장을 그렸다. 할머니도 오랜만에 그림을 그리니 좋았다. 창고 프로젝트가 끝나 섭섭했다. 그때 그림 선생이 다시 불쑥 찾아와서 "상춘 어르신, 그림 좀 그려보세요!"라고 했다. 스케치북과 색연필과 물감도 가져와 함께 그림을 그렸다.

선생은 수시로 집에 들러서 새로 그린 그림이 있냐며 그림들을 살펴보고 잘 그렸다고 비행기를 태웠다. 다 그린 그림들을 껌딱지로 방 창문과 벽에 붙여주고 가면서 자꾸 보면서 연구하라고 했다. 선생이 가고 나서 한두 가지 그리다 보면 계속 그리게 된다. 심심할 때나 밤에 누우면 뭘 그려볼까 생각하게 된다. 평생 한숨 돌릴 시간 없이 살았지만 짬짬이 눈으로 담아두었던 장면들, 머릿속에 넣어둔 생각들이 한가해진 지금 하나둘씩 살아서 돌아온다. 선생처럼 가까이 가서 보고 자세하게 그려본다. 그림을 보면서 생각나는 것을 글로 적어보기도 한다. 그러면서 긴 밤과 새벽어둠과도 친구가 되었다. 그림을 그리면 어둡던 마음이 환해진다. 마음이 고요해지고 눈물이 나기도 한다. 동네 할망 친구들이 와서 벽에 붙인 그림들을 보고는 자기도 그리겠다며 연습 노트를 빌려 가기도 한다. 선생이 친구들을 데리고 오기도 한다. 그림을 둘러보고 슬며시 그림을 그리기도 한다. 모르는 사람들이지만 같이 그리다 보면 친구가 된다. 아들과 며느리, 손자들도 그림 그리는 할머니를 자랑스럽게 생각한다.

할머니에게 이 환대의 드로잉 스튜디오를 선물한 이는 '반사'라는 별명을 가진 예술가다. 세상의 나쁜 기운을 반사한다는 의미로 그런 별명이 붙었다. 반사는 미술가이지만 다른 사람들을 그림 그리게 하는 애니메이터이자 큐레이터이기도 하다. 한때 미술 전시장이자 아티스트들의 작업장으로 활용되던 카페를 운영했는데 젠트리피케이션의 여파로 접어야 했다. 그 와중에 재난 학교를 만들고 피해자들과 연대하여 임대차법을 개정해 내기도 했다. 그는 재난이 파국이 아니라 타자에 대한 공감의 부재가 파국이라는 것을 누구보다 잘 알고 있다. 그래서 그는 거대한 산불로 모든 동물이 도망칠 때 부리에 물을 담아 불을 끄려는 벌새처럼 그냥 그림을 그린다. 혼자가 아니라 같이! 하루를 기도와 그림으로 마감하는 그는 피에르 신부님이 말한 "타인과 더불어 사는 삶의 기쁨, 그 단순한 기쁨"이 얼마나 소중한 것인지를 누구보다 잘 알고 있다. 반사와 그의 '절친' 할머니들은 오늘도 밥 먹듯, 기도하듯 그림을 그린다. 그리고 마을 곳곳에 자리한 '할망 미술관'을 찾는 사람들을 작지만 거대한 전환이 일어나고 있는 마술의 세계로 인도한다.

신을 죽이고 유토피아를 만들겠다고 마음먹은 근대 예술

가들은 고향을 버리고 전 세계를 방랑하며 독창적 세계를 창조하고자 했다. 그들은 단명했으며 괴짜일수록 오래 기억되었다. 그런데 그간 인간이 만든 것이 유토피아가 아니라 디스토피아라는 것을 알아버린 지금, 예술가들은 무엇을 추구하며 어떤 삶을 살아야 하는 걸까? 남다른 고독을 즐기고 남다른 '상상의 나라'를 펼치며 만들어낸 것이 근대의 예술 세계였다면 파국으로 치닫는 파상의 시대에 예술은 신과 함께 재난 상황에 임재하는 초월의 세계이자 기도의 세계가 아닐까? 도구적 이성과 탐욕의 지배로부터 비켜나 있는 세계 말이다.

지금은 불모지에 꽃씨를 뿌리며 이곳저곳 돌아다닐 때가 아니다. 한곳에 머물면서 이끼가 살게 하고 꽃씨를 뿌릴 때다. 우리 동네 홍태옥 할머니와 반사 선생의 드로잉 스튜디오에는 이끼가 끼기 시작했다. 조만간 꽃들이 피고 나비가 날아들 것이다. 사람과 사람, 사람과 식물, 사람과 동물이 만나고 삼라만상이 마음을 열게 되는 환대의 장소가 열리고 있다. "그림을 그리시니 잘 돌아가실 수 있을 거예요." 내가 뜬금없이 말했다. "그림 그리면 잘 죽어질 건가?" 할머니가 답했다. 그때 떠오른 문장 하나.

"모든 사람은 예술가로 삶을 마감할 권리가 있다."

할머니들이 중심이 된 우정의 세계가 열리며 이 동네에 새로운 기운이 더해지고 있다. 동네 초등학교는 학생 수가 늘어서

본교로 승격했고 멋진 언니들이 운영하는 '비건 책방'도 생겨서 하굣길 책의 세계와 만나는 아이들이 행복해졌다. 효모를 만드는 청년 협동조합도 생겼다. 동네 예술가들과 주민들이 별일 없이 수시로 모여 그림을 그리고 꽃모종을 나누면서 유토피아를 만들어가고 있다. 우리 동네만이 아니라 다른 많은 곳에서도 비슷한 일이 일어나고 있다. 나는 우정과 환대를 생성하는 이런 마을/세포가 프랙털 시대의 무늬처럼 반복적으로 재생되면서 이 시대의 우울을 벗겨내기를 기대한다. 더불어 하는 기쁨을 알게 해주는, 밤에 우리의 영혼을 지킬 수 있게 해주는 드로잉 스튜디오를 위해 축배를!

차례

삼춘과 기림 선생

(뭔 나무판을
주기에
그렸지.)

1

종이가 있으니 그렸지

동백동산이 있는 제주 조천읍 선흘 마을이에요. 마을 한 바퀴를 둘러봅니다. 낮은 돌담으로 이어진 오소록한조용하고 아늑하고 으슥하고 은밀한 길을 걸어가다가 할머니 집이 나올 때면 끌리듯 들여다봐요. 제주에는 대문을 열어놓고 살았던 마을의 원형이 그대로인 곳들이 있어요. 이 마을도 그렇죠. 안에 할머니가 계신 것 같으면, "삼촌!" 하고 부르면서 들어갑니다. 혹시나 마당에서 일을 하고 계시면 옆에 앉아 거들면서 수다를 떠는 거예요. 그렇게 오다 가다 들러봅니다.

제일 궁금한 건 그림이죠. "그림 좀 해놓으셨나?" 혼잣말 비슷하게 하다가 "삼촌, 뭐 좀 해놓으션해놓으셨어?" 물으면 "어신게없다, 암것두 안 핸아무것도 안 했다" 이러십니다. 할머니들이 제게 주로 건네는 인사말이 '커피 먹고 가라'인데요. 달달한 다방 커피를 타주시면서 "겐디그런데 밥은 먹언먹었나?" 챙기시고 그렇게 먹고 놀다 보면 그제야 방석 밑에 깔아둔, 혹은 옷장 속에 숨겨둔 그림들이 나오죠. "경한디그런데 말이야, 호끔조금 하나 해봔해봤어" 하며 꺼내오십니다.

마을 한 바퀴를 돌면 하루가 훌쩍 가요. 앉아서 수다를 떨다가 그림도 보고, 그러다가 일기를 쓰겠다는 분이 있으면 옆에 앉아서 도와드리죠. 자리에서 일어나 그 옆 골목에 가면 거기서 다른 할머니를 만나기도 합니다. 사건이 없는 날이 없어요. 어떤 날은 아침부터 저녁까지 세끼를 모두 할머니들 집에서 먹어요. 커피도 여섯 잔쯤 마십니다. 지난겨울엔 집에 돌아올 때마다 양손 가득 들린 여러 종류의 귤 봉지가 무거웠습니다. SNS를 열어 오늘 할머니한테 받은 먹거리를 올릴까? 생각하다 혼자 웃었어요.

볶은 깨, 금방 뽑은 무, 배추, 고추, 삶은 달걀, 오이, 수박, 참외, 도토리묵, 호박… 할망 집이 그냥 제철 마트예요. 상추도 모종을 샀더니 강희선 할머니가 당신 집에 심어두고 오며 가며 따 먹으라셔요. 자주 오라는 거죠. 그 김에 그림 하나 더 배우시려는 속셈입니다. 물론 꼼짝도 안 하고 집에 있는 날도 있어요. 그렇게 가만있다 보면 이런 생각이 들어요. 지금쯤 그 할머니 어떤 색깔 물감이 떨어졌을 텐데…

할머니들은 문구용품이라는 건 아예 아무것도 안 갖고 계세요. 하다못해 집에 굴러다니는 모나미 볼펜 한 자루도 없고, 손주들이 쓰던 것, 자식들이 쓰다 놓고 간 게 한두 개 있는 정도예요. 그림 재료는 없으니까 제가 드립니다. 여분의 종이도 가져다드리고요. 빈 종이가 많이 있으면 그림 그릴 마음이 쉽게 나거든요.

할머니들이 겸손하게 하시는 말씀 중에 "종이가 겅여기 있으니까 호끔 기렸지그렸지"라는 핑계가 있어요. 나무판 위에 젯소 칠하는 법을 알려드리고 나무판을 놓고 오면, 나중에 쓱 내밀면서 "무사웬 나무판을 쥘 기렸지주기에 그렸지" 하고 겸손하게 말씀하세요. 그 말씀이 참 귀엽습니다.

무시건?

저는 2021년에 선흘 마을로 이사 왔어요. 마을 산책을 하면서 문득 이런 생각이 들었죠. '마을 할머니들의 창고를 예술 창고로 바꿔보면 어떨까?' 그렇게 '할머니의 예술 창고' 프로젝트를 시작했습니다. 할머니의 창고를 들여다보면서 할머니를 연구하는 수업이지요. 처음에는 청소년을 대상으로 그림 수업을 했어요.

저에겐 제주 할머니들의 창고가 여성의 작업실 같은 느낌으로 다가왔거든요. 일단 규모가 압도적이에요. 어떤 창고는 집만 해요. 제주의 가옥은 대개 ㄷ자, ㅁ자 혹은 ㅡ자 구조인데 안채가 한 동 있으면 바깥채라 불리는 창고가 한두 개 동으로 더 있어요. 창고가 양옆으로 뻗어서 ㄷ자 구조가 된 경우도 있고요. 각 동이 따로따로예요. 소나 말을 기르던 소막外양간이 창고가 되기도 하고요. 오랜 세월 한집에 정주하고 살아오면서 구조가 필요에 맞게 조금씩 변화하게 된 거죠.

제가 선흘 마을에서 만난 할머니들은 모두가 80대 후반인데다가 집에 혼자 사세요. 대문은 항상 열어놓으시고요. 그런데 창고에 가보니 할머니의 도구들이 모여 있는 풍경이 정말 어떤 예술가의 작업 공간보다 감동적이었어요. 그 도구로 인해 우리가 제주에서 먹는 모든 농산물이 나오고 가공되는 거잖아요. 골갱이호미, 끌개, 나무 열매를 따는 긴 낫이 달린 대나무 막대, 도리깨, 대구덕대바구니, 바름구덕풀 바른 바구니, 채반, 솥, 저울, 귤 고르는 판… 온갖 게 생활사박물관 수준으로 있어요. 이름도 거의 제주어고요. 저희도 도구를 하나하나 꺼내 그리면서 그 도구의 이름과 활용법을 배우곤 합니다.

할머니들은 집 근처에 있는 밭, 혹은 멀리 떨어진 밭에 나가 흙을 일구시죠. 밭에 나갔다 오면 할머니의 모든 물건을 다시 정돈하기도 하고, 수확해 온 농산물을 말리기도 하는 작업이 마당뿐 아니라 이 엄청난 규모의 창고에서 다 이루어지는 거예요.

어느 날에 홍태옥 할머니 댁에서 청소년들과 그림을 그릴 때 마당 한쪽에 여분의 빈 이젤을 두었습니다. 지금 생각해 보니 홍태옥 할머니가 바로 그 빈 이젤에 끌려 그림의 세계로 들어오신 것 같아요. 그림 그리는 사람들을 구경하다 보면 누구라도 그림을 그리고 싶은 마음이 일어날 수 있겠다 싶어 빈 이젤과 빈 종이, 목탄을 잘 보이도록 한쪽에 두었거든요. 열두어 명이 할머니의 마당과 창고에서 이젤을 펴고 목탄으로 그림을 그리고 있는데, 할머니가 산보하듯이 이젤마다 가서 보셨어요. 그러다가 두 시간 정도 지났을 즈음 할머니가 빈 이젤 앞에 탁 서더니 이렇게 물으시는 거예요.

"무시건이게 뭐야?"

"목탄이에요. 나뭇가지를 태워서 만든, 그림 그리는 도구예요"라고 설명을 드리니 손으로 집어 요리조리 보셨어요. 그어보고 싶은 충동이 들었겠죠. 이미 손에 목탄이 묻었거든요. 할머니가 저를 흘끔 보면서 독백처럼 말씀하셨어요.

"나도 기려보까?"

제가 슬며시 고개를 끄덕였더니 할머니가 이젤 앞에 뒷짐을 지고 서서 목탄을 들더니 허공에 휘저으셨어요. 창고 앞에서 창고의 외곽선을 따라 지휘하듯이 허공을 몇 차례 휘휘 가름하며 저어보다가 백지 위에 탁! 들어가셨죠. 그 첫 손질에서 굉장히 독특한 아름다움이 느껴졌습니다. 그래서인지 그 그림 그리는 장면을 아이들이 바로 그리기도 했어요. 그렇게 홍태옥 할머니와 그림 수업을 시작했습니다.

37년생 화가의 연습

홍태옥 할머니는 청빈한 사람입니다. 할머니의 옷장은 가지런히 정돈되어 있습니다. 아끼는 옷은 단추를 모두 채워 뒤집어서 옷걸이에 반듯하게 걸어두세요. 허리도 꼿꼿하고 자세도 반듯하시고요. 할머니는 서른한 살에 선흘 마을로 시집오셨고, 8년 전에 할아버지가 돌아가셨습니다. 그때부터 쭉 혼자 살고 계세요.

할머니의 집은 작은 어린이 공원 같아요. 마당에 있는 나무가 하트 모양으로, 겹동백은 구름 모양으로 다듬어져 있습니다. 그런 집의 창고가 할머니의 그림으로 점점 채워지고 있는데요. 아들이 '창고를 터서 뭔가 해보잔해봐요' 하면 다 내줄 거라고 하십니다. 당신 옷장처럼 단출하니 욕심 없는 삶을 사세요.

할머니는 오래된 서랍을 열어보며 당신의 삶을 반추하거나 지나온 이야기를 그릴 때도 있지만 요즘은 일기에 주로 집 주변의 식물이나 날씨와 바람의 변화에 대한 관찰을 많이 적으세요. 언젠가는 "저 낭나무은 아들이 예쁘게 몬딱몽땅 잘랐지만 가지는 영영 뻗은 대로 그린다. 그림은 그대로 해야 할 것 같아"라고 말씀하셨지요. 할머니가 예술가로 거듭나고 있는 것이 느껴집니다. 빛바랜 밀짚모자 그림도 예전 빛깔을 기억해서 칠하면서 이런 글을 남기셨어요.

> 여름철에 더우면 밭에 일하러 갈 태갈 때 쓰고 가는
> 밀떼모자 밀짚모자이다
> 한 오 년 쓴 무근 묵은 밀떼모자를 본다
> 빛이 누루시렁하게 변했다
> 그림을 그련는데 그렸는데
> 처음 새 모자 살 때 빛깔이 생각나서
> 여러 가지 여러 가지 색깔로 엽바위를 테두리를
> 이 색 저 색 칠해보왔다 칠해보았다
> 색을 잎이니 입히니 내 마음이 아름답다
> 홍태옥 2022.

할머니는 요즘 "이게 그림이 될까?"라는 물음을 자주 하십니다. 저는 그 고민이 참으로 귀해요. 동료애가 느껴집니다. 그림 그리는 인류로서요. 바로 그런 고민이 '작가 됨'인 것 같아요. 앞으로 어떻게 전개될지는 모르지만, 그림을 그리는 인류가 던지는 '될까?'라는 물음에는 '되게 만들어야 할 텐데!'라는 의지가 내포되어 있습니다. 그러니까 이 물음을 듣게 된 그림 선생인 저는 할머니의 그 마음이 그림으로 완성되도록 시간을 들여 곁에 있고 싶은 거예요.

저는 그림 그리는 기술은 아무것도 안 가르치는 편이에요. 두 눈으로 찬찬히 잘 보라고만 말합니다. 그러면 할머니는 "어떡함시롱어떻게 하면 잘 보안보아?" 하세요. 그러면서 할머니가 그리고자 하는 나무를 오래도록 응시하는 제 눈을 제 코앞까지 다가와서 빤히 보기도 하고 "어떵어떻게 저 낭을 여기에 그리잰그리지?" 하고 재차 물으십니다. 이건가 싶으면 바로 허공을 휘저으며 그림을 그려보기도 하고요.

태풍 힌남노로 마을 입구에 있는 커다란 멀구슬나무가 넘어졌을 때는 그 아래에서 함께 그림을 그렸어요. 제가 그림을 알려드리며 종종 "그리고 싶은 대상에서 눈을 떼지 말고 눈으로 그림을 그려보세요"라는 주문을 하곤 하는데요. 그러면 "어떵 그려지냐" 하면서 황당하다는 듯 막 웃으세요. 그런데 눈길은 무척 진지하시죠. 배우고 싶은 사람처럼. 그럼 제가 조금 더 설명을 해드립니다.

"손은 종이에 두고 두 눈은 나무를 보세요. 가끔 종이를 봐도 되지만, 눈은 되도록 나무의 가지를 따라가면서 가지가 나뉘고 꼬인 자리, 다시 그 옆으로 뻗어 나가는 그 방향으로 계속 가는 거예요. 눈으로 계속 따라가면, 손이 저절로 그걸 그리게 돼요. 본다는 건 기억하는 거고 기억한다는 건 사랑하는 거예요."

그러면 할머니는 "기그래?" 하면서 나무를 오래 응시하며 손을 움직이시죠. 이 방식이 컨투어(윤곽선) 드로잉인데요. 그리다 보면 그림이 삐뚤어지기도 하잖아요. 그래도 제가 "삼춘, 이런 그

링도 저는 괜찮은 거 같아요. 우리 눈으로 무엇을 보았는지 종이에 남잖아" 하면 할머니는 고개를 끄덕끄덕하세요. 물론 반듯하게 그리고 싶은 마음도 알지만요.

할머니는 동그란 밥상에 스케치북을 펴놓고 그림을 그리십니다. 전에 밥상 위에 있던 무를 그린 적이 있는데 둥근 밥상이 찌그러지게 그려져 성에 안 차 하셨어요. 이 인류는 뭔가 그림이 되게 만들고 싶어 하는 인류인 것 같아요. 어느 날은 지나다가 들렀더니 완벽하게 동그란 밥상을 그려놓으셨어요. 그리고 제게 물으셨죠. "그림이 돼서됐어?" 하고요. 이 물음은 질문이 아니라 '됐어!'라며 동의를 구하는 단언이었습니다. 만족스러운 눈빛이었죠. 그런데 문제는 밥상 위에 올려진 붓도 함께 그렸는데 붓이 서 있는 모양으로 보인다는 것이었습니다. 그게 영 마음에 안 드신다고 해요. "이 붓은 어떵 책상에 냥놓아?" 그렇게 그림 그리는 기술까지 숙제하듯 하나씩 해결해 나가시곤 합니다.

우리는 수만 년 전 동굴벽화에서 나온 선을 끌고 뭔가를 찾아가는 인류 같습니다. 할머니가 그림 그리는 과정을 통해 느리지만 반걸음씩은 나아가고 있는 것을 봅니다. 그걸 보아줄 사람도 오로지 저 자신뿐이라는 것을 마음에 새기면서요. 이 바람 부는 광야 같은 들판 위 나지막한 지붕 안에서 할머니는 불면증이 밀려드는 여러 밤을 온전히 그림을 그리며 살아가세요. 잠이 안 와 한 시 두 시까지 그림을 그리고, 어느 날은 홀랑 샌다고 고백하십니다.

할머니 댁에 가보면 완성했다고 괜찮냐고 제게 내미는 그림 외에도 연습한 그림들이 엄청나게 숨겨져 있어요. 그건 내놓기 부끄러우신가 봐요. 그러다가 아들들이 오면 그림을 전부 싸악 숨기기도 합니다. 소중히 여겨서 제삿방에 넣어두기도 하지만 이따금 어지렁하다 어수선하다고 표현하시면서 치울 때가 있습니다.

저는 고고학자가 귀한 유물을 발굴하듯 할머니 침대 밑이나 단스 옆 어딘가 달력 종이 뒤에 그려 덮어놓고 엎어놓은 연습 그림들을 꺼내 보면서 주제별로 모아놓고 사진으로 기록을 합니다. 그러면 할머니도 저를 따라다니며 어깨까지 들썩이면서 킥킥킥 웃음을 보이십니다. 이것도 그림이 되냐고요. "삼춘, 이게 진짜 그림이다. 이 모든 연습도 그림이에요." 할머니는 고개를 끄덕끄덕하십니다.

사랑하는 사이

처음 홍태옥 할머니를 만났을 때는 그냥 동네 할망이었어요. 집 창고를 보여주실 때, 참 아름다운 창고를 지니셨구나 했고 저를 환대해 주시니까 고마운 마음이 들었습니다. 지금은 할머니가 점점 그림 그리는 인류의 자손으로 다시 태어나고 있는 것 같아요. 그림으로 저와 할머니 사이에 우정이 생긴 거죠.

할머니는 저를 '친구'라고 표현하세요. 우리는 주로 할머니의 방에 드러누워 그림 이야기를 합니다. "상춘, 저 천장 무늬가 정말 장난 아니게 이쁘다. 패턴 같은 규칙이 있네" 하면 "기? 그려 보까?" 하세요. 천장도 그리고 벽지도 그리고 이불보도 그리고… 맨날 그림 이야기를 나누는 친구죠.

지금 생각해 보니 그림 그리는 인류가 그림 그리는 또 다른 친구를 만난 거네요! 그것도 제주라는 광야에서요. 자꾸 할머니를 만나면서(그림 그리는 친구와 접속하면서) 우리는 그림 그리는 인류의 부산물들, 작업물의 진도를 나가고 있어요. 뭔가를 연습하고 만들어내려는 모습이 동굴벽화를 그렸던 사피엔스의 모습과 겹치는 것 같아요.

어느 날은 할머니 집에서 한바탕 함께 그림을 그리고 나오는데 할머니가 저를 배웅하면서 슬쩍 한마디 하셨어요. "사랑해."
너무 놀라서 "삼춘 지금 '사랑해'라고 했어?" 하고 되물었습니다.
"어. 사랑해." 그렇게 다시 말씀하시는데 가슴이 콩닥거렸어요.
그 어떤 사랑 고백보다 특별했죠. 사랑? 믿기지가 않아서, 또 그
날 그림을 많이 그려서 할머니가 기분이 좋아서 툭 뱉은 말일 거
야 생각하며 잊으려고 했습니다.

일주일쯤 후에 할머니 집에 갔을 때, 다시 생각이 나서 "오
늘도 나를 사랑해?" 물어봤어요. 조그맣게 "사랑하지" 하고 대답
하셨습니다. 그 이후에는 헤어질 때 사랑한다는 말을 종종 해주
시더라고요. 네, 우리는 사랑하는 사이예요.

할머니의 옷장

옷을 처음으로   그려보았다

2022년 6월 21일
홍태옥

여름에 날씨가
한참 심 드로오르면
사락사락한 나시
하나 만 입고 다니 기도
한다   집 에서는
이거하나 만 입고
밖에 나갈땐
위에 남방 쳐나걸친다
2022년 6월 27일

홍태옥

홍태옥, 〈사락사락한 나시〉, 종이 위에 채색, 2022

옷을 처음으로 그려보았다

홍태옥 2o22. 6. 21.

여름에 날씨가
한 삼십 도로 오르면
사락사락한 나시 하나만
입고 다니기도 한다
집에서는 이거 하나만 입고
밖에 나갈 땐
위에 남방 하나 걸친다

홍태옥 2o22. 6. 27.

하루는 아들 하그메눌이가 옵서
시내장 구경가 자고 해서
같이 가서 돌아 다니 다가
옷 가게에 가서 남방 사주
어서 입고 다녔다

2022년 6월 23일 홍 태 옥

이 옷을 입고 노인대학
도 가고 친구 만나 러도
가고 했다
이 옷이 무슨 색인고 하니
수 가 조 카는 연두색 이 냈
하고 내생각은 초록색 같은데
나는 고민 이 된다
2022년 6월 27일
홍 태 옥

홍태옥, 〈이 옷이 무슨 색인고 하니〉, 종이 위에 채색, 2022

하루는 아들하고 며늘이가 옵서 며느리가 와서
시에 장 구경 가자고 해서
같이 가서 돌아다니다가
옷가게에 가서 남방 사주어서
입고 다녔다

홍태옥 2022. 6. 23.

이 옷을 입고 노인대학도 가고
친구 만나러도 가고 했다
이 옷이 무슨 색인고 하니
수자 조카는 연두색이예 하고
내 생각은 초록색 같은데
나는 고민이 된다

홍태옥 2022. 6. 27.

41

세상 오래 살안살아보니
이런 것도 해보고
꿈에도 생각 안 했어
그림 그리는 것
할망 팬티라
여름 오면 인주 팬티 시원하여
고무줄이 오래돼어오래되어
끊어지난끊어져서
함덕 오일장 가서
고무줄 장수에게 천 원 주고 사서
팬티에 삔으로 끼웠주게끼웠지
여름 준비 끝

강희선 2022. 6. 20.

강희선, 〈인주 팬티〉, 종이 위에 채색, 2022

세상 오래 살안
이런 것도 해보고
꿈에도 생각 안했어
그림 그리는 것
할망 팬티라
여름 오면 인루 팬티
시원 하여
고무줄이 오래 돼어
끊어 지난
참덕 오일장 가서
고무줄 장수에게
천원 주고 사서
팬티에 삔으로
게웠주게
여름 준비
끝

2022. 6. 20 강희선

43

분홍 어깨달이

앞뒤 바농질 하는 사람 한테 강
팡록에 분홍 몰 두린 기기 가져 강
어깨 달이 맏들어 왔주
여름에 입으려고
땀이 나도 시원 하주

2.022、7.4 강희선

강희선, 〈분홍 어깨달이〉, 종이 위에 채색, 2022

함덕 바농질하는_{바느질하는} 사람한테 강가서
광목에 분홍 물드린 기지 가져강_{분홍으로 물들인 옷감 가져가서}
어깨달이 만들어 왔주_{조끼 만들어 왔지}
여름에 입으려고
땀이 나도 시원하주_{시원하지}

강희선 2o22. 7. 4.

45

빛살 하나 업시없이 거멍했다검었다
마루에서 옷 그림 그렸다
딸 순복이가 육지서 사준 옷이다
어멍엄마 여행 갈 때 입으랜입으라고
사주었다

김인자 2022. 6. 29.

족은작은 아들이
나가 그림 그린 거 보고
깜짝 놀냈다놀랐다
어머니 그리때가어머니가 그렸어요?
응
잠잠한 사진 찍건조용히 사진 찍어
서울 성한태 보녔다형한테 보냈다
그림 사진이 사위한태 가난사위한테 가서
돈 이백만 원이 왔다
우리 사위가 기분파다

김인자 2022. 7.

김인자, 〈여름옷〉, 종이 위에 채색 그리고 반짝이, 2022

47

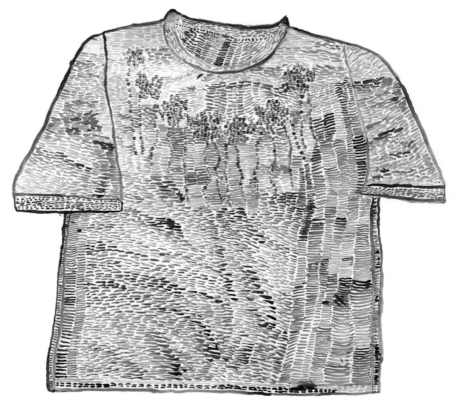

2022. 6.27 고순자

고순자, 〈동문시장에서 산 옷〉, 종이 위에 채색 그리고 반짝이, 2022

한 십 년 넘었을까
동문시장에서 산 옷
그림 그린 것에 반짝이 부천붙여
가슴에 예쁘게
한 개 한 개
또 한 개 한 개씩 부쳐
한 160개 부쳐
내 그림이 좋아져 고와졌지
앞으로도 하한 100개
부쳐야겠다 예쁘게

고순자 2022. 6. 27.

오가자,
〈노란 외투〉,
종이 위에 채색,
2022

오가자,
〈팔 짜른 철쭉 꽃무이 남방〉,
종이 위에 채색,
2022

오가자,
〈팔 짜른 파란색 난방〉,
종이 위에 채색,
2022

오가자,
〈팔 짜른 남색 꽃무니 남방〉,
종이 위에 채색,
2022

오가자,
〈찐분농 반바자마〉,
종이 위에 채색,
2022

오가자,
〈팔 짜른 옷〉,
종이 위에 채색,
2022

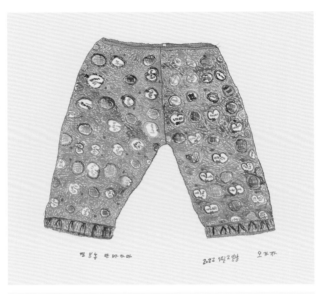

찐분농 반 바 자 마   2022 7달 2멸날   오 가 자

2022 7달 8일날 오 가자   팔 짜른 옷

이 날은 그림 짬 그렸다 아침 여름 그리고
저녁에 좀 그렸다 완성 했다

이날은 그림만 그렸다
아침에 좀 그리고
저녁에 좀 그렸다
완성했다

오가자 2022. 7. 11.

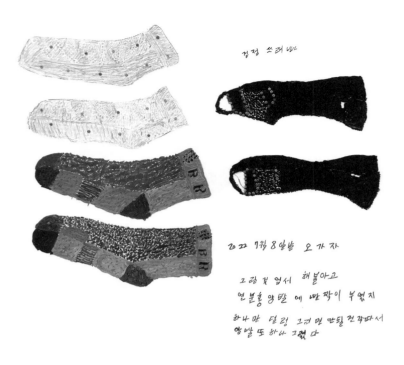

검정 쓰래 빠

2022 7월 8일밤 오가자

그림 것 업서 해볼아고
연분홍 양발 에 빤짝이 부엽지
하나만 덜렁 그리면 안될건 각따서
양발 또 하나 그렸다

그릴 것 업서 해볼아고없어서 해보려고
연분홍 양발에양말에 반짝이 부였지붙였지
하나만 덜렁 그리면 안 될 건 각따서안 될 것 같아서
양발 또 하나 그렸다

오가자 2022. 7. 8.

오가자, 〈양말 두 켤레와 검정 쓰래빠〉, 종이 위에 채색, 2022

2022 7월 4일 날

오가자, 〈연분홍 양말에 반짝이 붙였지〉, 종이 위에 채색 그리고 반짝이, 2022

못 견디면 지쳐 시였주^{지쳐 쉬었지}
언니 이름도 나랑 같다
함덕 강희선 언니는 나보다 6살 만타^{많다}
92살 언니가 동생 강희선 신으라고
여름 카바 주었어
좋지 막 언니 생각나고

여름 바지 잘도 좋아
소락소락하여 맨난 입버주^{맨날 입었지}

집에서 신는 신
한 5개월 됬다^{됐다}
예벘서^{예뻐서} 샀지
꽃도 입쁘고^{이쁘고} 무늬도 예쁘고
꽃이 원래 좋아

강희선 2022. 7. 4.

언니 이름도 나랑 같다
함덕 강희선 언니는
나보다 6살 많다
92살 언니가 동생 강희선
신으라고 여름 카바
주었어
좋지 말
언니 생각 나고

못 견디면 지원
시켜주

여름 바지 같도 좋아
소락 소락 하때 맨날 입비주

집에서 신는신 흰 5개월 됬다
예 벗어 샀지
꽃도 입쁘고 무늬도 예쁘고
꽃이 원래 좋아
2022. 7. 4 강희선

잠상하지 못해
꼭 나 성질대로라
기분도 좋고
신발 그려보고 친구들
보여주니
막 기분좋게 박수를
친다

2022. 7. 4. 고순자

잠상하지얌전하지 못해
꼭 나 성질대로라
기분도 좋고
신발 그려보고
친구들 보여주니
막 기분 좋게
박수를 친다

고순자 2022. 7. 4.

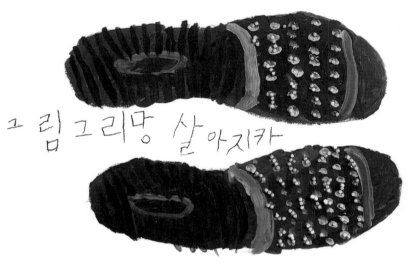

그림그리멍 살아지카

2022 윤춘자

윤춘자, 〈그림 그리멍 살아지카〉, 나무판 위에 채색 그리고 반짝이, 2022

그림 그리멍 살아지카그리면 살아질까

거멍한 스레빠
한 삼 년 더
신을 거라
여름에 동네서 신는 거

윤춘자 2022. 7. 4.

분농
운동화인데
분농물감이
엶서서
노랑색
물감우로
칠햇서요

2022.7.4.
부희순

부희순, 〈분농 운동화〉, 종이 위에 채색, 2022

알구아이구 비가 와야 할 텐데
저 고추에 물 주잰 하니까물 주자 하니까
물 안 주민안 주면
고추 목숨이 소들소들하여시들시들해

부희순 2022. 7. 2.

분농 운동화인대분홍 운동화인데
분농 물감이 업서서없어서
노랑색 물감우로물감으로
칠햇서요칠했어요

부희순 2022. 7. 4.

시 에 동문 시장
예사 와 집 에서
물 부엌 에서 신는다
앞으로 한 이년
더 신을 거 다

2022.74   김인자

김인자, 〈동문시장에서 산 신발〉, 종이 위에 채색, 2022

시에 동문시장에 사 와
집에서
물부엌에서 신는다
앞으로 한 이 년
더 신을 거다

김인자 2o22. 7. 4.

그림은 잘 못그리면
다시 그리면 되고
사랑 공부 는 늙어도 해야 한다
2022 6,26.

분농 카바

제주시 에 사 는

내 딸 이

만 들 어 주 어

서 그 려

보 았 쩨

정 우 야

그 림 선 생 님

이 가 라 쳐 주 셔 서

그 려 보 았 쩌

2022년. 65 부희순

제주시에 사는
내 딸이 만들어주어서
그려보았찌

정우야
그림 선생님미_{선생님이}
가리쳐주셔서_{가르쳐주셔서}
그려보았쪄

부희순 2o22. 6. 5.

그림은 잘못 그리면
다시 그리면 되고
공부는 늙어도 해야 한다

부희순 2o22. 6. 26.

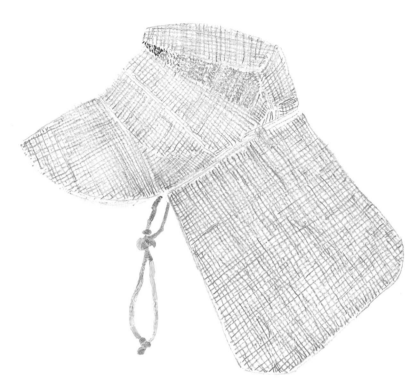

농부들 쓰는 모자
그려보니 잘안 된다
그를 3 나십대 라도
배 워 두엇 씨 면
이련곳 통 업 설 것
신 대 원 통 내 가
내 안 해 원 망 이 라

2022. 7. 8.

부 희 순

부희순, 〈분농 모자〉, 종이 위에 채색, 2022

농부들 쓴는쓰는 모자
그려보니 잘 안 된다
그를 삼사십 대라도글을 삼사십 대에라도
배웡두엇씨면배워두었으면
이련 곳통 업씰 것신대이런 고통 없을 것인데 원통
내가 내안태나한테 원망이라

부희순 2o22. 7. 8.

이 모자는
해빌빛햇빛을 가리기 위해서
밭에 쑤고쓰고 간다

조수용 2o22. 6. 3.

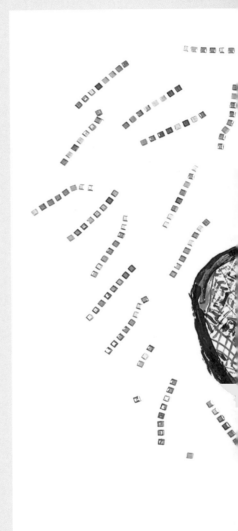

조수용, 〈밀짚모자〉, 종이 위에 채색, 2o22

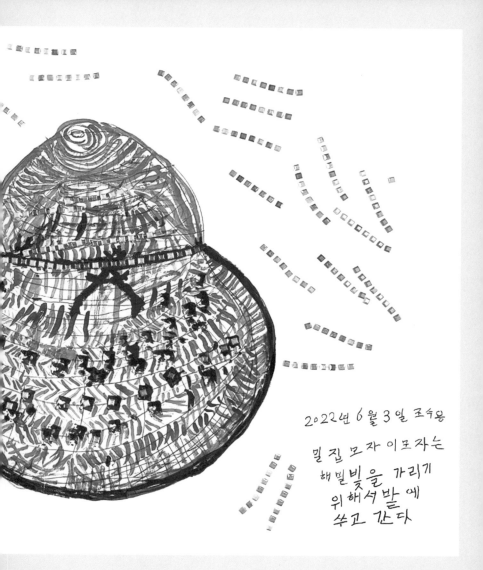

2022년 6월 3일 조수용

밀 짚 모 자 이 모 자 는
해 빌 빛 을 가 리 기
위 해 서 밭 에
쓰 고 간 다

아꼬운 장면

할망 친구들이
같이 그림을 그리니까
재미있어.

2

어떻게 그려?

하루는 홍태옥 할머니가 마당에서 이젤을 펴고 그림을 그리고 있을 때였어요. 홍태옥 할머니와 그림 수업을 하다가 강희선 할머니를 만났어요. 강희선 할머니가 옆에 와서 허리가 고부라진 모습으로 '뭐 하냐?' 묻듯 물끄러미 바라보셨어요. 그때 제가 그 옆에 빈 이젤과 화판을 하나 더 폈지요. 그랬더니 강희선 할머니가 홍태옥 할머니의 그림을 따라서 베껴 그리기 시작하는 거예요. 제가 "할머니~ 창고를 보면서 그려야지요" 했습니다. 그러자 강희선 할머니가 "저추룩_{저렇게} 큰큰한_큰 소막이영_{소막을} 종이에 어떵 기리냐. 겐디 홍태옥이 봥_봐 기리는 건 이녁도_{나도} 기릴 수 있어" 하고 대답하셨어요. 친구의 그림을 컨닝해 그리는 겁니다. 똑똑하신 거죠. 홍태옥 할머니가 그 모습을 보고는 크게 웃으셨고, 올레_{마을} 골목길를 지나던 할머니들도 구경거리가 생겼다며 자꾸만 들어오셨어요. 저도 반기며 "왕 봥 감서_{와서 보고 가세요}"라고 했죠.

그림은 열린 세계예요. 현장에서 그림을 그리면 곧바로 공유됩니다. 숨어서 하는 게 아니라 벽면인 이젤에 세워두고 그리니까 무엇을 그렸고 누가 그렸고 하는 걸 다 알게 되지요. 그리자

마자 그림으로 공동체가 되는 세계예요. 목격자가 많으면 흥이 나는 세계죠. 동네에 사는 인류학자도 구경을 오고, 동네 뮤지션도 놀러 와 기타를 쳐주고요. 그림 수업을 영상으로 기록하는 작업도 같이 했는데, 그 영상 감독의 친구도 제주에 여행을 왔다며 들렀습니다. 뮤지션이라면서 제 흥에 들떠 버스킹처럼 즉흥으로 기타 연주를 했어요. 마당이라는 공간에 리듬이 입혀졌지요. 빙 둘러서 이젤을 펴고 그림을 그리는 아이들, 웃겨 죽겠다는 할머니들의 제주 방언과 웃음소리, 할머니와의 대화까지도 노래 같았습니다. 그림 그리는 날은 그런 축제의 장면이 펼쳐져요.

강희선 할머니와 그림 수업을 시작하고 나서 언젠가 할머니가 이렇게 묻더라고요. "그림을 어떵 기려?" 그러고는 저더러 "선생이 아맹이라도아무거라도 혼저혼자 그리면 이녁이 봥 기려" 하셨어요. 홍태옥 할머니의 그림을 베껴 그리시던 게 생각이 났죠. 무얼 그리고 싶냐고 물어보니까 "기림은 나무 같은 걸 그려야 되는 거 아니?" 하셨습니다.

그때가 12월이어서 밖에 나가 나무를 그리기엔 추울 것 같았고 방 안을 살펴보니 물병에 담긴 식물이 눈에 띄어서 그걸 그려보자고 했습니다. "저추룩 기림이 되어저것도 그림이 돼?" 하고 호기심을 보이셨어요. 작업실에서 이젤을 자동차에 실어 와 할머니의 안방에 놓아 화판을 만들어드렸고 연필과 파스텔로 함께 그림을 그렸습니다. 손에 파스텔이 잔뜩 번져서 둘이 오래도록 웃었지요.

그렇게 홍태옥 할머니, 강희선 할머니가 그림을 그리기 시작하면서 동네에 소문이 퍼졌어요. 제가 일주일에 한 번씩 정기적으로 같이 그림을 그리겠다고 했더니 다음 주에는 누구 집에서 그림을 그린다는 소문이 예고처럼 마을에 돌았거든요.

고마운 소

제주 함덕에 있는 동네 목욕탕에 갔다가 씻고 나오면서 사물함 문을 여는데 강희선 할머니가 전화를 하셨어요.

"선생 뭐 하맨뭐 하나?"

"목욕하고 집에 가려고 핸해요."

"나가 소를 하나 기려보고 싶은데."

"소?"

"한의원 가서 침 맞고 완왔는데 요자기요전에 염소가 아롱아롱 아른아른해서 소를 하나 기려서 연습을 해야 할 텐데 어떵 기려?"

"들를게요, 삼춘."

"올 꺼?"

"어이~"

"어이~"

얼마 전 강희선 할머니를 모시고 화북에 있는 은행에 다녀올 때였어요. 길을 걷다 염소가 그려진 벽화를 만났습니다. 꽤 큰 벽화였어요. 돌아오는 길에 할머니가 그 그림 이야기를 몇 번이나 하셨어요. "벽에 그림이 영영좋더라"라고요. 급기야는 "강 가서 앗아 올까빌려 올까" 하시더라고요. 벽화를 어떻게 빌려 오냐, 벽을 떼어 오냐 물었더니 큰 종이를 위에 대고 베껴 앗아 오겠다고 하면서 어려서부터 염소를 길러봤다는 이야기를 하십니다.

할머니가 벽화를 마음에 품은 이유가 또 있습니다. 창고가 된 소막 정리를 하고 나니 빈 벽이 드러났기 때문이에요. 짐으로 가득 찼던 창고가 말끔히 비워졌고 지금은 할머니가 그린 그림 열두어 점을 액자로 만들어 전시할 준비를 하고 있거든요. 차곡차곡 쌓여 있던 짐을 들어내고 보니 창고 안에 돌로 쌓은 벽이 아닌 텅 빈 시멘트 벽이 하나 나왔습니다.

제가 할머니에게 벽화를 그려도 좋겠다고 제안했습니다. 그때부터 할머니는 "소막이었으니까 소를 한번 기려볼까?" 하셨어요. 소를 잡겠다는 거죠. 그래서 잡겠다는 포부였습니다. 정말 할머니가 벽에 그림을 그릴 심산인 게 느껴졌어요. 특히나 소를 그리겠다는 말씀에서는 종이에 연습을 좀 한 다음에 벽에 그려 넣겠다는 의지까지 읽을 수 있었어요. 어떻게 그릴지 방법은 모르지만 마음에 소를 품었다는 게 중요합니다. 마음먹으면 어떻게든 그림은 그려지지 않을까요? 할머니는 어려서부터 소를 길렀던 여성이고, 할머니의 일기에도 소가 등장해요.

우리 소막에서 소를 하나 허여단데려다가
놈의남의 밭 품팔이허영
생 밭을 갈앙 돈을 벌엉
소를 호나하나 두 개 사다가

78

새끼를 번성허영

이젠 성공허였쭈게 성공했지

이젠 큰아덜이 큰아들이 소를 질렁 길러

너미너무 고마운 소

강희선 2022. 4. 6.

강희선 할머니의 일기에는 남의 말을 맡아 기른 이야기, 소를 한 마리 두 마리 늘려서 밭을 사고 농사를 지은 이야기, 그렇게 아이들을 공부시킨 이야기가 있습니다. 동네 친구 삼인방 할머니 중에 강희선 할머니가 제일 여유 있어 보여요. 가슴에 묻은 자식도 있고 손주도 있지만, 모든 사람을 돌보는 품이 넓고 지혜로운 어른입니다. 저를 딸 삼겠다고도 하셔요. 저랑 강희선 할머니 둘이서 이곳저곳을 잘 다니니까 동네 왕언니인 조수용 할머니가 강희선 할머니더러 절 수양딸 삼으라고 하셨대요. 동네 추장 할머니의 권고 같은 걸까요.

할머니에게 염소나 말, 소 같은 가축은 한집에서 거주했던 생활의 한 부분입니다. 소를 길렀던 소막 두 채에서 묵은 짐이 빠지고 나니 텅 빈 공간이 할머니의 기억을 더 깊게 소환해 온 것 같았어요. 일단 우리가 함께 소를 그리고 나면 할머니에게 소가 어떤 의미인지 자세히 알 수 있겠죠. 그림을 그리면 그 관계의 실체도 드러나니까요. 마음을 다하고 정성을 다해 그릴 거잖아요.

강희선 할머니는 진짜 똑똑하십니다. 얼마 전에는 손주들에게 소를 그려서 가져오라고 하셨대요. 할머니는 남이 그린 걸 보고 연습하는 걸 좋아하세요. 홍태옥 할머니의 그림 공책도 빌려 와 베끼십니다. 할머니의 첫 그림도 홍태옥 할머니가 그리던 당신 창고를 보고 베껴 그리면서 시작하셨듯이요. 강희선 할머니는 그림 그리는 과정을 공부하듯 배우는 거라고 생각하시는 것 같아요.

할머니에게 소는 각별합니다. 할아버지와 소를 기를 때 사용하던 물건들이 아직도 소막을 채우고 있는데 절대로 없애진 않습니다. 이번에 소 그림을 그려보려고 10년 만에 서귀포의 이중섭미술관에 가서 이중섭이 그린 황소를 다시 보았고, 그길로 아들의 축사에 가서 홍태옥, 고순자, 조수용 할머니와 이젤을 펴고 화폭에 소를 담기 시작하셨어요. 그 후로 계속해서 소를 연습합니다. 물론 소가 영 그려지지 않아 잠이 오지 않는 밤 내내 물감과 씨름을 했고 여러 차례 다양한 소를 그리셨죠. 그리고 마침내 소막 입구에 커다란 소를 벽화로 새겨 넣으셨습니다. 그 이후 KBS 〈인간극장〉에 할머니가 출연했는데 "이중섭 소보다 우리 소(벽화)가 좋아요"라는 멘트를 날리셔서 시청자들을 웃음 짓게 했죠.

요즘 할머니에게 각별한 것이 하나 더 늘었습니다. 소를 기르던 소막을 새로 꾸려 만든 할머니의 미술관, 소막미술관인데요. 소막의 역사를 질문하면, "소, 고마운 소"라고 말씀하시는 얼굴에 오랜 시간이 흐릅니다.

도토리

강희선 할머니는 도토리를 주워다 가루를 내어 묵을 만들고, 도토리 국수도 해주시곤 합니다. 2021년에 할머니 창고에서 청소년들이 그림 전시회를 할 때 마당에 좌판을 펴놓고 장터를 열었는데요. 할머니의 도토리가루가 인기였습니다. 도토리는 주로 동백동산에서 주우신대요. 너무 궁금해서 저도 따라가 봤습니다. 저는 동백동산 아랫마을에 들어와 살면서도 1년이 넘도록 도토리를 본 적이 없어서요.

추운 겨울의 어느 날, 꼬부랑하게 허리가 굽으신 할머니가 두툼한 작업 바지를 입고 안에 털이 든 빛바랜 붉은 장화에 커다란 검정 방울이 달린 보랏빛 털모자를 쓰고 소막 앞에 세워둔 구루마를 밀면서 도토리를 주우러 가자며 앞장서셨어요. 구루마는 보행기처럼 생긴 기구인데 아래쪽에 뚜껑이 달린 네모난 바구니가 있어서 골갱이나 장갑, 비니루, 노끈 같은 도구를 거기에 넣고 다니십니다. 가다가 힘들면 바구니 위에 걸터앉기도 하고요. 부녀회에서 나눠줬다고 합니다. 그걸 동네 분들이 올레에서 밀고 다니시는 거죠. 할머니는 그 바구니 안에 도토리를 담을 통과 여분의 주머니를 넣고도 저랑 같이 가니까 "선생 몫도 담아 올 거?"

하면서 제게 들릴 빈 배낭까지 챙기셨습니다. 대체 얼마나 따려고 그러실까요.

할머니랑 같이 가니 그제야 동백동산의 도토리들이 보였습니다. 마치 갑자기 동산의 산신님이 도토리를 쏟아낸 것처럼요. 할머니가 도토리를 익숙하게 주워 담는 모습이 아름다웠습니다. 반나절 정도 주우니 허리가 너무 아파 저는 숲에 드러누웠습니다. 바삭바삭한 낙엽이 좋았어요. "삼춘, 인제 가매가자. 배도 고프고 허리도 너무 아파" 했더니, 할머니는 "이제 가매" 대답하면서도 손은 멈추지 않으셨어요. 구루마를 다 채우고 빈 배낭, 빈 주머니도 불룩하게 채운 다음에야 동산을 내려왔습니다.

할머니는 집으로 돌아와 소막 앞에 도토리를 주욱 펼쳐 말리셨습니다. 그 모습이 장관이라 "도토리를 그려보는 건 어때요?" 제안했더니 "요만한 걸 어떵 기리냐?" 하면서 도토리 하나를 손으로 집어 주름진 눈 가까이 가져가 만지작거리셨어요. "선생이 그려봐" 하시기에 스케치북을 꺼내 동그라미 몇 개를 그리면서 "삼춘, 도토리가 다 다르게 생겼네" 했더니 할머니가 어떤 것은 잘고 어떤 것은 큼지막하다면서 할머니의 기준에서 물건(도토리가루로 만들 수 있는 튼실한 것)이 되는 도토리를 이야기하셨어요. 가루를 낼 목적이니까요. 도토리가 저마다 다른 모양과 특징을 보이니까 어떤 건 꼭지가 있고 어떤 건 꼭지가 없고 어떤 건 꼭지가 벗겨질 듯 모자 같다고 했더니 하하하 웃으셨어요. "진짜 모냥이 막 다르다이모양이 다 다르네" 하면서 그림을 벽에 붙여주고 가면 그려보겠다고 하셨습니다. 침대에 누워 벽에 붙은 도토리 그림을 보고 웃겨 죽겠다면서 또 하하하 웃으셨어요.

강희선 할머니는 도토리를 정말 좋아하세요. 도토리 철에는 아침에 눈을 뜨면 도토리가 눈앞에서 아롱아롱한다고 "제기어서 동백동산에 가야 하는디…" 중얼거리시곤 합니다. 그런데 동백동산에 가지 않아도 도토리 그림이 방 안에 있으니 얼마나 좋으셨겠어요. 다음 날 산책하다 들러보니 도토리를 연습한 종이가 몇 장 있었습니다. 그중 한 점을 벽에 붙여드렸죠. 그 그림에는 할머니의 희한한 필체와 필력, 머뭇거림이 있었습니다. 도토리 여섯 개를 연필로 그리셨는데 한가운데의 도토리는 할머니의 새끼손가락이 종이에 닿으면서 흑연이 뭉개졌어요. 그 흔적이 아름답게 다가왔습니다. "잘도 아꼽다예너무 예쁘다! 삼춘 막 잘했수다정말 잘하셨다." 제가 감탄을 했죠. 할머니는 "기?" 하며 웃더니 그 그림을 저 가지라고 주셨습니다. 할머니가 그린 그날의 도토리 그림에는 동백동산의 무언가도 담겨 있습니다. 벌렁 드러누워 물끄러미 바라보았던 할머니의 모습과 도토리를 그리려는 손동작들. 여든여섯이 되어서야 도토리가 보인다는, 조그만 도토리 열매를 닮은 할머니의 눈. 도토리를 먹는 노루들. 2021년 12월 14일에 할머니가 처음으로 그린 도토리 그림이 제 작업실 부엌에 걸려 있습니다.

도토리 여섯 개 그려보니 재미있습니다

강희선 2021. 12. 14.

선흘 마을 삼인방

동네 할머니네에 그림 그리러 간다고 하면 따라붙는 사람들이 가끔 있어요. 우리 집에 놀러 왔던 동네 꼬마들도 붙고 인류학자도 붙고. 가는 길에 들러지는 할머니 집마다 다음 할머니 집에 같이 가시겠냐고 물으면 "가매" 하고 따라나서는 할머니도 있고요. 물론 안 나서시는 분도 있어요.

강희선 할머니는 "홍태옥은 이녁 친구주게친구라네" 하면서 언제나 따라나서세요. 가는 길에 김인자 할머니 집에 이르면 강희선 할머니는 "인자도 데령가게데려가자" 하고 빨간 대문 앞에 멈춰 서서 "인자야"라고 소리칩니다. 여든여섯 할머니가 동네 친구를 부를 때는 꼭 소녀 같아요. 돌담 너머에서 인자 할머니가 "어디 가맨가?" 물으시고, 희선 할머니가 "태옥이네 기림 기리려 간" 하면, 부리나케 겉옷을 주섬주섬 입으며 나오십니다.

하루는 그렇게 즉흥적으로 뭔가 그려보자고 홍태옥 할머니네 마루에 앉았는데, 현관 쪽에 금방 밭에서 뽑아다 놓은 것 같은 싱싱한 무들이 보였습니다. 제가 "이걸 그려볼까요" 하고 양손에 들었더니 할머니들이 "아고게아이구, 아고게, 흙 떨어점쩌게떨어진다, 무사무슨" 하시며 손사래를 치셨어요. "그려보자 상춘" 하면

84

서 무를 밥상으로 옮겼더니, "무수무 알로아래로" 받칠 것부터 가져오자고 수선이셨습니다. 영락없는 깔끔쟁이 엄마들이었어요.

　　다 같이 한바탕 무를 그리고 각자 자기 그림 한쪽에 제목을 달았습니다. 월동 무, 단지 무, 여자 무, 가쟁이 무… 그리고 이야기를 붙여서 썼지요. 그제야 저는 월동 무를 제주에서는 한겨울 집 밭에 그대로 둔 채 먹을 때마다 뽑는다는 걸 알게 되었어요. 게다가 무는 뽑기처럼 생김이 저마다 모두 달라서 그림 소재로 제격이었습니다. '여자 무'는 처음 보는 표현이라 생소했는데 여자 무를 그려놓으신 김인자 할망이 까르르 웃기 시작하자 구경 난 것처럼 할망들이 인자 할망의 그림을 보면서 킥킥킥 웃었어요. 그 옆에 강희선 할망은 '가쟁이 무수'를 그려놓고 또 히죽히죽 웃고, 할망들이 계속 그림을 보면서 손으로 입을 가리고 주름진 눈웃음을 지으셨습니다. "호끔 벌러진 것이 딱 여자게여자네"라고 힌트를 주면서 가쟁이 무수는 가랑이 벌리고 있는 모습이 여자를 닮았다고 또 어찌나 재미있어 하면서 깔깔대시는지 종이에 할망들의 웃음소리가 들어갈 것 같았지요. '아꼽다'는 제주 방언으로 '귀엽다, 사랑스럽다, 예쁘다'라는 뜻인데 이 할머니들이 제겐 정말 '아꼬운' 존재들입니다.

　　할머니들이 그림 한구석에 글을 쓰고자 할 때는 제가 한글 받침을 알려드립니다. 다 같이 모여서 그릴 땐 글을 잘 안 쓰시고 한 집 한 집 돌아가며 몇몇이 모여 그림 야학을 할 때가 되어서야 한갓지니 그림에 붙일 글을 쓰곤 하는데요. 세 분은 각별히 친하니까 맞춤법이 마구 틀려도 서로 깔깔깔 웃으며 마음을 다 열어 보이세요. 그 모습을 보며 세 분이 삼인방이라는 걸 알게 되었습니다.

여덟 할머니와 그림 수업을 할 때도 이 세 분은 단짝처럼 늘 옆자리에 앉으세요. 김인자 할머니가 늦으면 강희선 할머니가 당신 배낭을 옆 책상에 스윽 올려 자리를 맡아놓습니다. 인자 할머니는 여든네 살, 1939년생인데도 여전히 밭일을 많이 해서 종종 늦거나 결석을 하셔요. 동네 할머니 여럿이 한 조가 돼서 남의 밭에 품앗이하는 일인데, 일당도 일당이지만 인원수를 맞춰주려고 안 빠지고 나가십니다. 마을 공동체 차원에서 매우 중요한 신의를 지키시는 거죠. 출석 확인을 할 때면 강희선 할머니가 "인자 일 가쭈게짰다"라고 대답하십니다. 수업 빠지는 게 아쉬워서 제가 "인자 할머니 그림도 보고 싶은데" 하면 "인자는 일해야 산다" 그러셔요. 인자 할머니 몫의 간식과 그림 재료도 챙겨 가방에 넣으시면서요.

할머니들의 살림 형편은 각기 다릅니다. 살림 때문이 아니어도 흙을 일구고 밭을 일구는 일이 어떤 할머니에게는 살 힘을 주는 동력일 수 있고요. 제가 모두 헤아릴 수 없는 그 사정을 희선 할머니는 "할망들은 일해야 산다"라고 표현하세요. 인자 할머니는 두 살 어린데도 여든여섯 살의 할머니 둘과 서로 격의 없이 친구처럼 재미나게 수다를 나누십니다. 서로 모르는 일이 없어요. 똘똘 뭉쳐 다녀요. 어떤 날은 세 분이 이쁘게 차려입고 나와서

"그림 선생~ 콩국수 먹으래 가잰가자" 하며 저까지 끼워주십니다.

> 인자는 동내동네 친구
> 인자가 더덕 가지러 오라고 전화해서 구루마 밀고 갔주게
> 인자 집에 가서 우동 먹고 커피 먹고
> 홍태옥 친구와 미술 선생님 오라고 전화했주개
> 나 강희선을 홍태옥이 얼굴 보면서 그렸주게
> 인자는 옆에서 사람을 그리는 연습을 하고
> 나는 얼굴을 보여주었셔요
> 하하하 우꼈주게
> 강희선 2022. 4. 8.

김인자 할머니 집에 모여 그림을 그린 날에 쓴 강희선 할머니의 일기예요. 홍태옥 할머니가 강희선 할머니의 얼굴을 보면서 인물화를 완성하고 나서 "아이고 허리야" 하면서 인자 할머니의 이부자리에 벌러덩 눕고, 희선 할머니와 인자 할머니는 그림을 보면서 웃겨 죽는대고. 그 모습이 혼자 보기 아깝고 너무 예뻐서 사진을 찍어두었습니다.

세 분 모두 모여서 그림 그리는 걸 재밌어 하세요. 인자 할머니가 수업에 빠지고 그 다음 날 즈음 궁금해서 희선 할머니 집에 놀러 가면 "어제 그림 선생이랑 이거《할머니의 저녁식사》그림일기 배완. 너도 이시멘 헐껀디있었으면 했을 텐데"그러면서 당신

이 그린 그림을 꺼내서 막 보여주세요. 그러면 인자 할머니가 웃으면서 "무시거뭐 하는 거? 아이고 나 못 헌단게한다니까" 고개를 젓는데, 희선 할머니가 "해봥해봐라" 하면서 꼬부랑 허리로 종이를 가져다 인자 할머니 앞에 펴세요. 분위기에 밀려 인자 할머니가 연필을 잡으면 희선 할머니가 알려줍니다. 왜, 교실에도 그런 풍경 있지 않나요. 공부 잘하는 친구가 노트 빌려주고 그런 일이요. 홍태옥 할머니도 옆에서 하나하나 거듭니다. 과외를 다 해주시죠. "냔이 그츄룩 못 해신디 넌 잘햄신게나는 그렇게 못 했는데 너는 잘한다" 친구를 띄우면서요. 알아서들 서로를 잘 가르치셔요. 그래서 그림 수업에 빠진 인자 할머니도 그날의 일기를 하나 그리도록 만들어주십니다. 무척이나 아름다운 광경이에요. 저는 할 일이 없어요. 그저 할머니들 앞에 드러누워 물끄러미 그 풍경을 보고 있으면 알아서들 잘 그려내신답니다. 아꼽고 아꼬운 장면입니다.

할머니의 양식

너무 외로워서 무수를 보면서
어떨 때는 슬픈 생각도 나고
기쁠 생갓도기쁜 생각도 나고
외로와도 이런 인생이
사는 거지

강희선 2022. 3. 25.

가쟁이가 벌어진 무수를
밭에서 한 손으로 뽑으니가뽑으니까
너무 즐거웁다
무수 모양이 사람처럼
다 다르게 땅에서 났서요났어요

강희선 2022. 4. 2.

강희선, 〈가쟁이 무수〉, 종이 위에 채색, 2022

땅에서 나온거로
삽니다
한 인생을 그거로
사는 기주
그런디 그림을 그려보니
팔십육세 까지 생각도
못 한 일이 생겼주
나 강희선이 무수
그림을 그려주

2022. 6. 26.

할망은 열무를 사랑 합니다
땅에서 나온 것은 다 사랑 합니다

2022. 6. 20. 강희선

강희선, 〈할망은 열무를 사랑합니다〉, 종이 위에 채색, 2022

할망은 열무를 사랑합니다
땅에서 나온 것은 다 사랑합니다

강희선 2022. 6. 20.

땅에서 나온 거로 삽니다
한 인생을 그거로 사는 거주
그런데 그림을 그려보니
팔십육 세까지
생각도 못 한 일이 생겼주
나 강희선이 무수 그림을 그려주

강희선 2022. 6. 26.

무 우 짤 은 는 것 밥 상 위 에 노 에 있 다
밥 상 에 서 칼 하 고 무 우 짤 은 것 을 선 생 님 하
고 그 리 고 동 베 친 구 도 칼 히 그 렸 다
무 우 를 짤 른 것 을 보 니 싱 싱 하 여
한 직 른 어 먹 어 보 니 많 이 종 았 다
매 운 맛 도 나 고 물 도 맑 하 낳 다
이 그 림 은 오 늘 추 억 으 로 85 세 넘 어 서 아
그 림 을 그 러 보 니 너 무 나 신 기 하 다
날 2022 년 3 월 19 일
홍 태 옥

홍태옥, 〈무우 짤은른 것〉, 종이 위에 채색, 2022

무우 짤은른 것 밥상 위에 노여놓여 있다
밥상에서 칼하고 무우 짤은자른 것을
선생님하고 그리고
동네 친구도 칱히같이 그렷다그렸다
무우를 짤른 것을 보니 싱싱하여
한직 큰어하나 끊어 먹어보니
많이 종았다맛이 좋았다
매운맛도 나고 물도 많이 낳다많이 난다
이 그림은 오늘 추억으로
팔십오 세 넘어서야 그림을 그려보니
너무나 신기하다

홍태옥 2022. 3. 19.

할망 친구들이 같이 그림을 그리니까
재미있어
놈 그린 것도 보고
나 그림 그린 것도 보면
더 재미가 있어

열무 그릴 때도 재미있어
이것은 원산 무수라
가쟁이 벌려진 여자 무수라
성질이 날카로와
가지가 여러 개
잘 크지 못해
발만 뻗었지
무수 뿌리를
제주 말로
무수 발이라고 해

지금은 어리니까 앞으로는
쏠랑쏠랑하게 클 거
남자 무수야
둘이 결혼을 하잰 하니까
무지개 옷을 입으니
둘이 막 좋아해
요새 보면 좋아하는 애들
같은 모자 쓰자너쓰잖아
둘이 막 좋아해
무수 둘이 좋아해

고순자 2o22. 6. 13.

2022. 4.3 부로코
강희선

강희선, 〈4·3 부로코〉, 종이 위에 채색, 2022

부로코리ㅂㄹ로콜리 밭에서 뽑아다가
그림은ㄱ림을 그리면서 4·3 때 돌아가신
아주버니 생각이 났서났어
할머니가 개실계실 때
재필이(강희선 할머니의 아들)에게
셋 아버지 재사를제사를 잘 모시라고 잘 부탁했서부탁했어
오늘 4·3에 큰아빠 셋 아빠 생각에
눈물이 났져났어

강희선 2o22. 4. 3.

고순자,
〈임신된 대죽부래기(옥수수)〉,
종이 위에 채색,
2022

고순자,
〈홀쭉한 남자 대죽부래기〉,
종이 위에 채색,
2022

임신 된 대죽부래기

2022.6월
고순자

홀쭉 한 남자
대죽부래기
2022. 6월 고순자

강희선,
〈콜라비〉,
종이 위에 채색,
2022

김인자,
〈콜나비〉,
종이 위에 채색,
2022

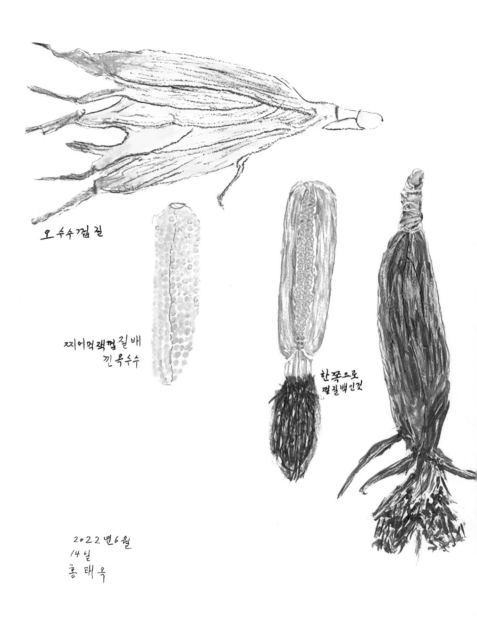

오수수겁질

찌어먹쾍껍질배
낀옥수수

한쪽으로
껍질백인것

2022년6월
14일
홍 태 옥

홍태옥, 〈옥수수〉, 종이 위에 채색, 2022

오수수옥수수 껍질
찌어 먹잰쪄 먹으려고 껍질 배낀벗긴 옥수수
한쪽으로 껍질 백인벗긴 것
이건 옥수수 껍질 안 백인 것

홍태옥 2022. 6. 14.

이건 옥수수
껍질 안 백인것

도토리 6개 그려보니
재미 있습니다

2012 12 14 강희선

강희선, 〈도토리〉, 종이 위에 연필, 2021

도토리 여섯 개 그려보니
재미있습니다

강희선 2o21. 12. 14.

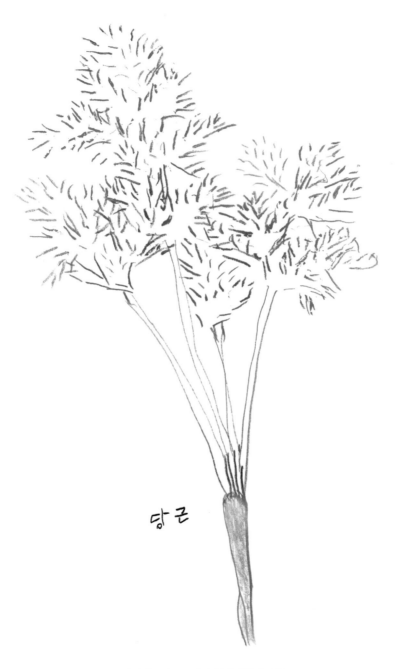

당근

김인자, 〈당근〉, 종이 위에 채색, 2022

당근받애 당근 소꾸러 갈거주게_{당근밭에 당근 솎으러 갈거지}
당근 세 개 중에 가운데 당근 하나
뽀방주어야_{뽑아주어야} 상품 댄다_{된다}
선흘 할망들 열 명이
한 밭에 안장_{앉아} 일하여도
혼 손이라_{한 손 같다}

김인자 2022.

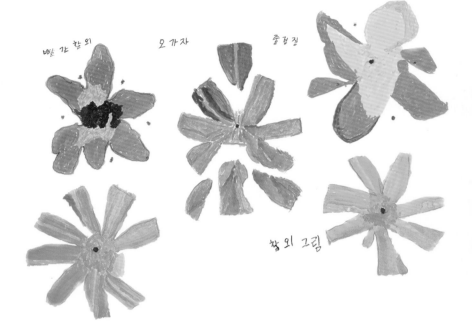

빨간참외   오가자   줄겁질

참외 그림

이것저것
잘 해봄
참외껍질

반쪽 남은참외
오늘 그림선생과 나누어 먹었다.
남은 껍질이 재밌다 달았다 2022. 6. 일 오가자

오가자, 〈참외〉, 종이 위에 채색, 2022

이것저것 칠해본 참외 껍질
반쪽 남은 참외
오늘 그림 선생과 나누어 먹었다
남은 껍질이 재있다재밌었다 달았다

오가자 2022. 6. 1.

톡 톡 부쳤주
내 친구 인자 태욱이가
막 웃었주

집에 와서 참외를
재미 있어 또 그림
그리고 참외 에서
빨강 볼 때따

2022. 6. 6.
강희선

강희선, 〈참외〉, 종이 위에 채색, 2022

집에 와서 참외를
재미있어 또 그림 그리고
참외에서 빨강 표 때여떼어 톡톡 부쳤주붙였지
내 친구 인자 태옥이가 막 웃섰주웃었지

강희선 2022. 6. 6.

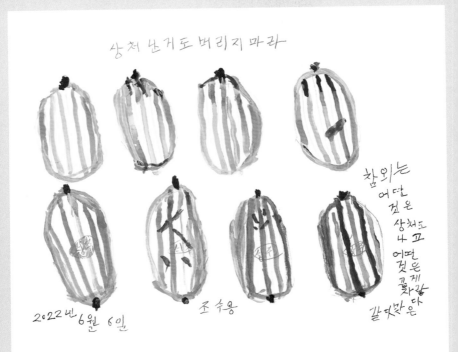

조수용, 〈상처 난 거도 버리지 마라〉, 종이 위에 채색, 2022

상처 난 거도 버리지 마라

참외는 어떤 것은 상처도 나고
어떤 것은 곱게 자란다
맛은 같다

조수용 2o22. 6. 6.

고순자, 〈참외 둘이 좋아해〉, 나무판 위에 채색, 2022

혼자는 외롭고
둘이는 안 외롭고
참외 둘이 좋아해

고순자 2022. 7. 29.

사람도 새파랗게
사는 거로구나 오이처럼
아프지 않고
진하게 산다
늙은 오이 뚱뚱하다
조금 늙은 오이는 이래 다 컸다
젊은 오이는 가꾼 대로 큰다
어린 오이는 꽃피면서 자란다

오가자 2o22. 5. 31.

오가자, 〈오이처럼 사는 거로구나〉, 종이 위에 채색, 2022

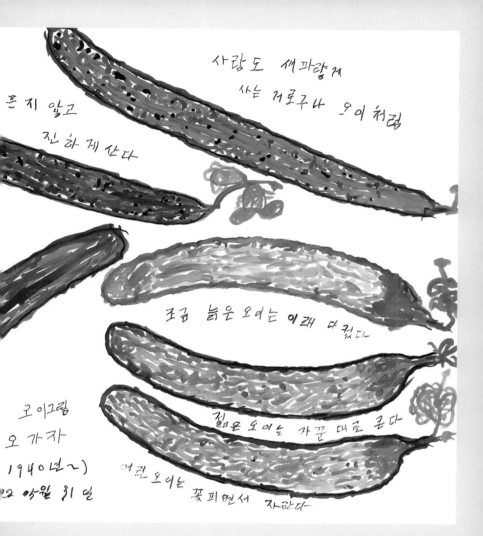

사람도 새파랗게
사는 거로구나 오이처럼

픈 지 알고
진하게 산다

조금 늙은 오이는 이래 다 컸다

젊은 오이는 자근 대로 굳다

오이그림
오 가자
(1940년~)
22 8월 31일

어린 오이는
꽃 피면서 자란다

117

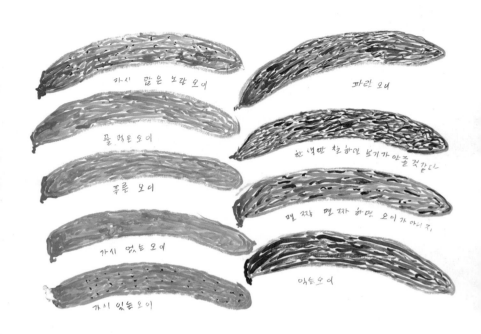

가시 많은 노란 오이
물 먹은 오이
푸른 오이
가시 없는 오이
가시 있는 오이
파란 오이
한 색만 칠하면 보기가 안 졸_좋을 것 같다
맨짱맨짜하면_{민둥민둥하면} 오이가 아니지
익는_{익은} 오이

오가자 2022.

늙어 둔틀락둔틀락우둘투둘
시장에 못 가는 오이
오이 타러따러 갔다가
딱 꺽어꺾어 먹는 파치 오이
상품으로 시장에 나가 파는 오이

부희순 2022. 6. 3.

부희순, 〈늙어 둔틀락둔틀락〉, 종이 위에 채색, 2022

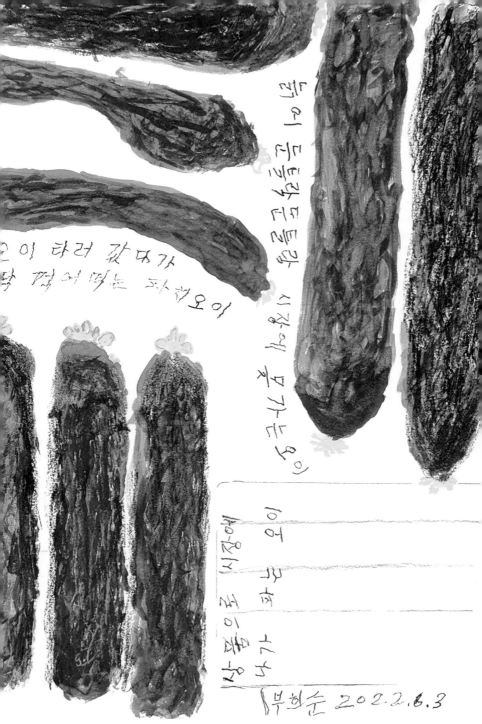

꽃이 드들왕드들왕 시장에 홀가는오이

이 타러 갔다가
떨어 떠는 파키오이

부희순 2022.6.3

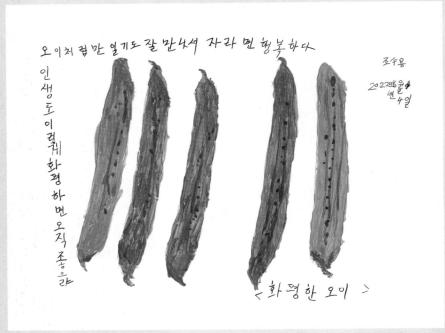

오이처럼만 일기도 잘 만나서 자라면 행복하다
인생도 이렇게 화평하면 오직 좋으랴

조수용 2022. 6. 4.

조수용, 〈화평한 오이〉, 종이 위에 채색, 2022

오래 살암시난^{살자니}
콩잎도 그려보고

윤춘자 2022. 6. 6.

윤춘자, 〈콩잎〉, 종이 위에 연필과 채색, 2022

사람이 틀리니깐
그리이그림이 틀려
마음이 다 틀리난 게틀린 것이
그림도 틀려
첫 번이난처음이니까
잘 그리젠그리려고 허니깐
점점 못 그런그려
이거 짝짝이

김인자 2022. 6. 6.

콩이파리
파란 한 게만_{파란 것 한 개만} 먹는다
콩잎이 한 잎은 내버리고
두 잎 먹는다

오가자 2022. 6. 6.

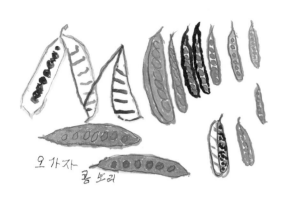

오 가자
콩 보리

엄마 한테
보내는 그림
보리 콩

오 가자 2022 5월20일

엄마 보고 싶다
엄마는 나 보고싶지 않아
엄마 나 머하고 있는지 않아
어제 저녁에 보리 콩

물 안에 시월 땅에 심은거
따서 삶아 먹었습니다
껍질 속에 알 맹이 다섯개
까 먹었습니다
여러개 까 먹고 나는 엄마
생각 하면서 눈물이 납니다

2022 5월 이십 날 오가자

오가자, 〈엄마한테 보내는 그림, 보리콩〉, 종이 위에 채색, 2022

엄마 보고 싶다
엄마는 나 보고 싶지 않아
엄마 나 머 하고 있는지 알아
어제 저녁에 보리콩
울 안에 시월딸에 울타리 안에 시월달에 심은 거
따서 삶아 먹었읍니다 먹었습니다
껍질 속에 알맹이 다섯 개
까 먹었읍니다
여러 개 까 먹고
나는 엄마 생각하면서 눈물이 납니다

오가자 2022. 5. 2o.

그림책 보고
보리콩 그려보았주그려보았지
이거시 다 거풀이것이 다 껍질
이 속에 알맹이 그려보았주

강희선 2o22. 6. 5.

강희선, 〈보리콩〉, 종이 위에 연필과 채색, 2o22

리 콩

2022.6.5. 강희전

그림책 보고 보리 콩 그려보왔주
이거시 다 거풀
이속에 알맹이 그려보았주

129

그림 인류와 해방

(그리니까
좀 배우는
기분이 들어.)

3

온 신경이 할아버지에게

조수용 할머니의 첫인상은 혁명군 같았어요. 키는 자그마하신데 남다른 위용이 느껴졌습니다. 그림 그리는 할머니 여덟 분 중에서 제일 언니예요. 1930년생으로 선흘에서 태어나 93년째 살고 계십니다. 놀랍지요. 한마을에서 태어나 한생을 정주하는 삶. 할머니는 선흘의 기억을 모두 가지고 있다고 말씀하십니다. "이녁한테 물어봅서. 강희선이도 신촌 살다 시집왔고 홍태옥이도 시집왔주게"라면서 선흘로 이주해 온 사람들의 역사를 줄줄이 꿰십니다. 학교는 제국시대(일제강점기) 때 간이학교를 육 개월 다닌 게 전부라서 한글은 못 배웠다고 하시고요.

"한글은 가고 오는 말이나 알지 알아집니까?" 열네 살에 해방을 맞았고, 보통학교가 소학교로 이름이 바뀌어 소집 지시를 받았는데, 가정환경이 어려워 그마저도 그만두었다고 해요. 그림에 글을 붙여 쓰다가 글이 막히면 "아고게 아고게 모를켜몰라" 그러면서 옛날이야기를 꺼내놓으십니다.

"1948년 4·3 사건에 올아빈오라비는 가고 딸 일곱 개가 남아. 큰 성큰언니 열아홉에 일본 살다 이제 돌아가고 셋 성셋째 언니 4·3 사건에 죽거불고죽어버리고 둘째 성도 4·3 사건에 죽어불고 이젠 네 개

남아. 자식 농사 여덟 개, 딸이 다섯 개, 아들 세 개. 벱씨학교 우트루위에 법당 옆에 살안살았어. 이만치여기 와 40년 살안. 강희선이는 큰아들 주필이 낳기 전부터 친구. 이녁 아들 응필이와 주필이도 학교 같이 다녀주게. 그때는 곡식을 하면 자식들이 다 훔쳐 가버련. 할아방이 잘 안 주어 닭도 잡아먹고. 아이들이 사고들 하영많이 쳔쳤어. 하하하." 인생이 에스프레소도 아닌데 어떻게 그렇게 압축을 잘하시는지 들을 때마다 놀랍습니다. 내 인생도 돌아보면 몇 줄로 요약이 되겠구나 하고요. 한 문장이면 족하겠죠.

　　여덟 할머니 중에 유일하게 할아버지가 살아 계셨어요. 그림 수업에도 한 시간쯤 지나서야 등장하십니다. 마치 중요한 배역이 대사를 치며 무대에 등장하듯이 "멋덜 햄쑤꽈뭐 하는 거예요" 하고 잰걸음으로 들어오세요. 남다른 당당함에 시선이 쏠립니다. 딱 혁명군입니다. 강희선 할머니가 "저 으라차차 할망 완왔다" 하면서 웃기 시작하면 할머니들이 따라 웃어요. 수업을 보통 세 시간 정도 하는데 조수용 할머니는 중간에 오셔서 가운데 한 시간 정도 으라차차 배우다가 도중에 "하르방남편 봐야 키여봐야 해" 하고 가세요. 그림 수업을 하는 마을회관에서 200미터 정도 걸어가면 할머니 집이거든요. 그래서 할망들이 '으라차차'라고 별명을 지었어요. 휙 해버리고 나가는 솜씨가, 이분은 진짜 총기가 있다는 생각이 들어요. 머리 좋은 사람이 그리는 그림이지요. 수학자가 새로운 수식을 휙 풀어버리듯이 처음 십여 분 동안은 머뭇대다가도 이내 그려냅니다. 천재형이죠. 다른 사람들이 헤매는 큐브도 손에 잡으면 휘릭 탁 하고 맞추는 사람 같은 민첩한 태도예요. 체구는 작은데, 마음만 먹으면 해킹도 잘할 것 같은 할머니입니다. 눈치도 빨라서 다른 할머니들의 그림을 한번 슥 보고는 눈썰미 좋게 후다닥 그려 제출하고 나가세요. 진짜 무대에서 퇴장하듯이요. 할머니들이 "저 으라차차 할망 간다_{간다}" 하시지요.

조수용 할머니는 정말 해방을 도모하는 혁명군처럼 온 마을을 순찰 돌듯 돌아다니세요. 큐브를 돌려 맞추듯이 잽싸고 날랜 걸음으로요.

남편이 아파서 한창 고생하셨어요. 오가다가 "삼춘~" 하고 들어가 보면 할머니가 안거리_{안채} 마루에 앉아 소일을 하거나 밖거리_{바깥채} 창고에서 푸닥거리_{먼지 나는 일}를 하고 계셨는데 그때도 온 신경이 할아버지에게 가 있는 게 느껴졌어요. 거실에 휠체어가 놓여 있고, 마루 뒤편 큰방에 할아버지가 누워 계셨습니다. 일 년 전에 쓰러져 자리보전을 하시는데 주무시지 않을 때는 신음소리가 바깥채까지 들렸어요. 마루에서 밥상을 펴고 저와 그림 야학을 할 때도 할머니는 안쪽 방에 누워 계신 할아버지와 대화를 하셨습니다. "아고게 기여기여_{그래그래}" 그러면서요. 어렵사리 시간을 내서 간간이 그리는 기회인데도, 할아버지 들으라고 "자 다 됐다_{됐다}" 하면서 늘 후다닥후다닥 빠르게 하셨죠. 그렇게 야학을 마치고 나면 "오늘 그림 선생을 만난 것은 하늘님 덕분"이라는 할머니의 말씀이 이어졌습니다.

하루는 밤 열 시 반이 넘었는데 할머니가 전화를 하셨어요.

134

밭에 뱀이 죽었다고 치우러 가야 한다고요. 마침 그림 조수와 작업실에서 같이 일하던 참이어서 바로 할머니 집으로 건너갔죠. 야밤에 저희를 맞으실 때는 난닝구 바람이었는데 곧 옷을 정갈히 갖춰 입으시더니 결연한 얼굴로 밭을 향해 앞장서셨어요. 종이 상자와 삽도 챙기셨죠. 집에서 좀 떨어진 할머니의 밭은 캄캄해서 도무지 아무것도 보이지 않았는데요. 밭 안쪽으로 손전등을 비추면서 할머니랑 그림 조수랑 셋이 깊이 들어갔어요. "저기 뱀~" 하는데 혁명군의 모습은 온데간데없고 마치 보면 안 되는 것을 본 듯한 표정으로 고개를 돌리셨습니다. 그림 조수가 뱀을 삽으로 떠서 상자에 넣고 일어서려는데 할머니가 안 된대요. 상자에 흙을 덮으래요. 흙을 한 삽 떠서 넣으니까 더 넣으래요. "삼춘, 무거워." "흙 덮으랜덖어. 하영 덮으랜." 실랑이 끝에 상자를 가득 채웠습니다. 다행히 볍씨학교 출신의 그림 조수가 힘이 좋아 그 무거운 뱀 상자를 들었죠. 그런데 할머니가 이걸 들고 다른 밭에 가재요. 옆 밭으로 가실 줄 알고 나섰는데 제가 사는 집 너머에 있는 밭으로 가는 거예요. 집에서 멀리멀리 떨어진 곳에 묻어야 한대요. 결국 삼십 분 정도 걸어가서 뱀을 묻었지요. 삼춘 때문에 못 살겠다고, 무겁다고 구시렁대긴 했지만 작은 생명 하나도 허투루 하시지 않는 할머니를 다시 보게 됐어요. 저 손으로 얼마나 많은 생명을 애써 묻으셨을까 하고요. 돌아오는 길에도 할머니는 모든 일이 다 하늘 덕분이라고 하셨죠.

"오널오늘 기림 선생을 만난 것도 하늘 덕분. 밤길에 저 빛나

는 거(인도 바닥의 야광등) 깐 거도 하늘 덕분, 뱀 묻은 거도 하늘 덕
분, 이추룩이렇게 이녁 살아신디살아 있는 거 하늘 덕분."

함께 그림 그리는 할머니들은 "하르방이 어서 하늘나라 가
셔야 고생 덜 하고 으라차차 할망도 그림을 그릴 텐데…" 하셨습
니다. 일곱 분 모두 남편의 장례를 지내본 경험이 있으니, 깊은 속
정에서 나온 말씀이죠. 그리고 뱀을 매장한 지 얼마 지나지 않아
할아버지가 돌아가셨습니다. 조수용 할머니는 그 조그만 얼굴이
반쪽이 됐고 몸도 아프셨어요. 요새는 여든여섯의 강희선 할머니
가 매일 출근해서 아흔셋의 조수용 할머니와 시간을 보내십니다:
홀로 살아남은 여성 동지들이죠.

혁명의 정의가 '피지배 계급이 국가의 권력을 빼앗아 사회
를 변화시키면서 단순히 권력만 장악하는 것이 아니라 종래의 관
습, 제도, 방식을 근본적으로 바꾸는 일'이라고 하던데 할머니는
이 제주에 어떤 혁명을 가져오실지 자못 궁금해집니다. 할머니는
자식 손지손주만 건강하면 된다지만, 저는 전쟁으로 4·3으로 잃
어버린 교육의 기회가 이제는 할머니에게 돌아갈 차례라고, 이
제는 할머니들 차례라고 마음을 모아봅니다.

'어머니는 짜장면이 싫다고 하셨어.' 그룹 god의 노랫말이
죠. 그런데 양보만 하던 그 엄마가 이제는 백발의 할머니가 돼버
렸습니다. 그토록 오래 엄마로 살 수 있는 건 한없이 주고도 모자
란다고 생각하는 그 마음, 모성 때문이겠지만 그동안 진 빚이 너
무 많아 돌려줄 방법을 모르겠습니다.

구십 세까지 할 일

가을볕이 드는 토요일 오전이지만, 고순자 할머니는 지금 이 시각에도 부엌 식탁에 앉아 그림을 그리고 계실 거예요. 요즘 물이 올라 있어요. 동네 분들도 할머니가 늘 저를 목 빠지게 기다리고 있다고 말씀하세요. 그림에 물이 오른 만큼 그림에 대한 고민을 나누고 싶으셔서일 겁니다.

고순자 할머니는 요즘 여러 낭을 그리셔요. 할머니 집 마당에 있는 오래된 낭도 몇 점째 그리고 계십니다. 70~80년은 족히 본 나무라 세월 속에서 여기저기 가지를 친, 상처가 많은 낭이래요. 크기도 엄청납니다. 마당에 있는 나무를 그리겠다고 마음먹은 다음부터 할머니는 매일 도전하고 계세요. 나무가 워낙 크니까 한 화폭에 전부 담기지 않잖아요. 그래서 그리다가도 가지 오른쪽을 잘라먹었다고 속상해하십니다. 하지만 금방 다시 마음을 잡아 그림에 종이를 붙이십니다. 화폭을 넓히는 거지요. 종이가 점점 자라고 있습니다. 그렇게 화면을 확장하는 과정이 흥미로워요. 의지의 확장이 종이 면적의 확장으로 드러나니까요. 저는 관찰자로서 그림이 자라나는 궤적을 쫓고 있습니다.

고순자 할머니는 그림을 그리면서 당신만의 삶, 여성으로의 삶을 비로소 살기 시작하신 것 같아요. 그런 면이 조심스럽게 드러나요. 작년에 하르방이 돌아가시고 할머니가 혼자 계셔야 했기에 가족들의 염려가 컸답니다. 저희가 '할머니의 예술 창고' 전시를 할 때 선흘1리 이장님이 오셔서 축사를 해주셨는데요. 끝나고 제게 당신 어머니도 그림을 그리면 좋겠다고 하시는 거예요. 네, 이장님이 고순자 할머니의 아들이에요. 이장님은 어머니가 혼자 계시다 치매라도 걸릴까 걱정하고, 며느리들도 같은 마음으로 색칠 공부 책을 복사해서 가져다드렸죠. 이장님이 "어머니가 색칠을 하영 하고 계시다"고 했어요. 할머니 집에 가보니 한쪽에 색칠한 종이가 잔뜩 쌓여 있더라고요. 토끼, 오리, 닭, 공작새 같은 그림이 인쇄된 종이를 다발로 쌓아놓고 색칠을 하고 계셨어요. 어린이들이 주로 쓰는 큰 색연필로요. 뭔가 수준이 적당하지 않아 보였습니다.

2022년 들어 그림 수업을 다시 열 때, 고순자 할머니도 같이하면 좋겠다는 생각을 했습니다. 어차피 노인회관에 나오니 수업할 때 한 자리 차지하시라고 권했는데요. 좀처럼 입문이 안 되는지 노인회관에서 일고여덟 명이 그림 수업을 할 때도 할머니는 화투 치는 여남은 할머니 무리에서 도통 나오지 않으셨습니다. 하루는 간식도 나누어드릴 겸 화투 치는 할머니 모임에 가서 "삼춘 오늘은 그림 좀 그려볼까?" 직접 청했어요. 그랬더니 "무시거?" 하면서 못 이기는 척 그림 그리는 쪽으로 건너오셨습니다. 그래도 마음이 좀 서먹한지 "맨땅에는 못 앉는다" 하셨어요. 의자를 가져다드렸습니다. 화투 칠 때는 방바닥에 잘만 앉아 계셨지만 말예요. 거리를 두시는 거죠. "무사" 하며 다른 할머니들이 그리는 그림을 구경하시기에 넌지시 종이를 드리며 권하니 바로 붓을 잡으셨어요. 집에 가실 때 개인 물감과 붓을 챙겨드렸고, 그다음 주부터 고순자 할머니는 그림 맞추는 화투 모임이 아니라 그림 그리는 할머니들 쪽으로 출석하셨습니다.

노인회관에서 수업할 때는 연습처럼 소소하게 하고 정작 마음을 쏟아 그림을 그리는 시간은 할머니들 집에 가서 하는 그림 야학인데요. 고순자 할머니는 오전 시간을 좋아하세요. 저와 할머니는 아침 일상을 있는 그대로 공유하며 〈꿩 소리 들리는 아침이다〉 같은 그림일기를 완성했습니다. 함께 그림일기를 쓰면서 할머니를 조금씩 알게 됐는데요. 일기에 친구들이 많이 등장합니다. 친구가 중하대요. 할머니의 부엌 방이 친구들 대여섯이 모여 수다를 나누며 화투 치는 곳이라고 합니다. 안채에서 독립된 꽤 큰 부엌이에요.

나 고순자 팔십네 살 (선흘) 윗동네 산다 혼자 산다
아침 혼자 차려 먹고 버스 타고 외방시내 강가서 고기 사 온다
점심에 고기로 반찬 지정지쪄 혼자 먹는다
호끔 섭섭한 기운이 난다
동네 할망 친구들 여기 모여 빙메밀전도 지져 먹고
웃으며 논다

친구 중에 고진순은 팔십세 살 길 건너편에 산다
홍태옥이는 팔십여섯 살 감나무골 산다
우리 사춘 아즈망^{사촌 아줌마}이다
친구 중에 김부자는 팔십네 살 나랑 동갑이다
세 살 때부터 친구다
어릴 적부터 다정해

고순자 2022. 5. 26.

할머니 집 대문에는 할아버지와 할머니 이름이 나란히 쓰인 문패가 걸려 있습니다. 그런데 할머니가 집을 그리다가 문득 자각이 되었는지 "하르방 돌아가시난^{돌아가셨으니까} 지서야키여지^{워야지}" 하고는 그림 속 할아버지의 이름을 물감으로 지우셨어요. "고순자. 이녁은 이추룩 혼자 살맨^{살지}" 하면서 당신 이름만 적힌 문패를 단 집으로 그리셨습니다. 그리고 집 전체를 좀 어둑어둑한 보라색으로 칠하셨어요. 날이 어둡다고 가지색으로 칠해야겠다면서요. 할머니 집은 '이장 댁'이라고 불리기도 합니다. 아들도 이장이지만, 할아버지도 생전에 이장이었고 마을 봉사를 많이 하셨다고 해요. 할머니도 품이 넓어 지금도 동네 분들이 자주 할머니 집으로 모입니다. 할머니는 7년 전에 부정맥으로 쓰러진 후로는 밭일은 안 하고 노인대학에 강의를 들으러 다니셨대요. 그래도 당신이 그림 같은 걸 그리게 될 줄은 생각도 못 해봤다며 웃으십니다.

140

할머니는 눈에 보이는 건 뭐든 그리십니다. 부엌 찬장도 그리고, 알밤오름도 그리고, 소나무도 여러 점 그리고 백일홍도 그렸어요. 그중에서 제 눈길을 가장 사로잡는 건 나무 패적 그림이에요. 제가 모르는 표현이었는데 나무의 잘린 흔적이 '패적'이라고 할머니가 알려주셨어요. 할머니는 나무에 상처 난 부위를 유독 자세히 그리셔요. 오래된 나무에는 패적이 더욱 많은데 금색 물감을 가져다드렸더니 패적에만 금칠을 하셨습니다. 훈장 같았어요. 이제 나무에서 가지가 떨어져 나간 흔적을 보면 고순자 할머니 생각이 나요. 할머니 집 마당에는 기이한 모양의 나무가 있습니다. 어떻게 살아 있나 싶게 심하게 잘려서 가지가 하늘로 뻗지 않고 죄다 옆으로만 뻗어 있어요. 그러니 달력만 한 종이에 그려도 자꾸만 한쪽이 잘리고, 그래서 할머니의 고민이 깊은 거죠. "겐디 저 낭을 종이에 어떵 담을거라게 닮지?" 할머니는 항상 그림에 대해 생각하고 계세요. 제일 늦게 입문한 고순자 할머니가 놀라운 속도로 달려 나가십니다. 할머니는 오늘도 그림을 두 장 세 장 그리며 그림 그리는 인류로 거듭나고 있어요. 산책하다가 예고 없이 들러보면 식탁에서 그림에 열중하고 계시기도 하고, 새로 그린 그림을 바닥에 주욱 늘어놓은 채 보고 계시기도 하죠. 동네 할머니들도 마실 겸 들렀다가 보시고는 놀랍니다. 고순자도 그림에 미친 할망이라고 수근거리시죠.

할머니는 제가 인생 첫 선생이래요. 글은 몰라도 기림은 하영 기려진다면서. 여든네 살에 선생이 생겼다고 환하게 좋아하셔서 "이제 안 아프시고 오래 사실 거예요" 했더니 할머니는 "게매그럼 구십까지는 기림 기리젠행쥬그릴거지. 이녁은 잠상하지 못해 그림도 이녁대로 막 할거우다. 그림이 막 좋아" 대답하십니다. 할머니는 아침에는 글 공부를, 저녁에는 그림 공부를 합니다. 이거 그려봅서, 저거 그려봅서 하지 않아도 주위의 모든 것을 그립니다. 그래서 할머니의 그림은 친구들의 그림 교본이 되곤 합니다.

엄마를 부르는 새

오가자 할머니 집에서 그림 수업을 하다 보면 벽에 걸린 큼지막한 달력이 눈에 띄는데요. 동네에서 나눠준 마을 공동 달력이라고 합니다. 마을 행사와 동네 어르신들 생일이 죄다 쓰여 있어요. 달력을 보다가 할머니들 생일도 알게 됐죠. 그래서 오가자 할머니 집에 가면 달력을 유심히 보게 됩니다. 7월과 9월 페이지에 새 사진이 크게 실렸기에 할머니에게 무슨 새냐고 물어보니 모른다고 하셨어요. 사진 아래 조그맣게 쓰인 설명을 읽어드렸습니다.

"팔색조. 천연기념물 제204조, 멸종위기 야생생물 2급. 봄철에 우리나라 제주도와 남부 해안지방으로 찾아와 번식을 하고 큰 나무와 바위 위에 이끼와 나뭇가지 등으로 둥지를 만들어 번식한다. 다양한 색의 깃털을 가진 아름다운 산새이다."

"긴꼬리딱새. 멸종위기 야생생물 2급."

듣자마자 할머니가 눈을 동그랗게 뜨더니 "기꽈정말입니까?" 하십니다. 제주 말은 참 짧아요. 반응은 이걸로 끝입니다.

새에 관해 그림 공부를 해도 좋겠다는 생각이 들어서 그림 조수에게 부탁해 새 그림 교재를 만들었어요. 다음 그림 수업에서 달력에도 나오는 긴꼬리딱새와 팔색조 사진을 할머니들에게 나눠드렸습니다. 귀하게 들여다보셨어요. 생태 사전에 나오는 새의 습성과 특징도 조금 읽어드리고 연습 삼아 그려보자고 했죠. 그날은 고체 물감도 처음으로 나눠드렸는데 붓을 물에 적셔 고체 물감을 이겨서 알루미늄 물감통 안쪽 면에 풀어서 사용하는 방법을 알려드렸더니 금세 따라 하셨어요.

오가자 할머니는 연필로 먼저 본을 뜨고 색을 칠하셨는데 두 장째까지도 뿌옇고 허여멀겋게 그려졌습니다. 다른 할머니들도 비슷했어요. 처음 사용하는 재료는 발색을 알아가는 것부터 공부입니다. 집에 가서도 연습 실컷 하시라고 종이를 넉넉히 드렸습니다.

그날 저물녘 즈음 산책하다가 오가자 할머니 집에 다시 들렀어요. 할머니 집의 열린 대문은 저를 안채로 이끕니다. 은근히 기대가 생겨 그냥 지나칠 수가 없었는데요. 아주 야무진 새가 할머니 방에 눈을 부릅뜨고 앉아 있었습니다. "와~ 삼춘, 이 새는 왜 이렇게 입을 딱 벌련?"

그러자 할머니가 막 웃어요. 제가 그림에서 눈을 떼지 못하고 한창을 들여다보니까 "입 딱 벌리고 고함지르잔 하고 있어" 그러십니다. "기? 고함을 뭐라고 지르잰?" 물었더니, "짹짹짹" 하고 또 웃으세요. 이렇게 고함을 지를 때는 새가 가지에서 떨어지지 않냐고 재차 물으니 "눈 딱 벌리고 입 딱 벌리고 다리 딱 벌리고" 있어 괜찮다고 대답하십니다. 새처럼 포즈를 취하시면서요. 동네에서 이 새를 보셨대요. 이 새는 고함지르며 친구를 부른다고 말씀하셨습니다. 뭉클했어요. 이 할머니는 고함으로 어떤 세계와 접속을 시도하는구나 싶은 생각이 들었죠. 그것도 방 안에서 빈 종이에 대고 말이에요. 연필을 가져다 할머니가 방금 하신 말씀을 그림 옆에 글로 붙여보자고 했어요. 한 단어 한 단어 소리를 내면서 한 줄 한 줄 쓰셨습니다.

그 후에도 할머니는 새를 몇 장 더 그리셨습니다. 고함지르는 새도 한 번 더 나왔죠. "이 새는 뭐 하맨?" 물어보니 "벗을 불럼주게부른다" 하십니다. 그다음 말씀이 "옛날 친군 다 죽어불고"였는데, 그 말을 하시고는 금방 눈시울이 붉어졌어요. 조금 지나 나직이 한 말씀 더하셨습니다. "이 새는 엄마를 불럼주게"라고요.

오가자 할머니는 1940년생, 팔십삼 세예요. 날개를 쫙 펴고 비상하는 새를 그린 다음 '홍중옥 엄마 보고 싶다. 5월 20일 오가자'라고 쓰던 할머니의 모습을 잊을 수가 없습니다. 연필을 내려놓자 밥상 정중앙에 앉아 있는 새 뒤로 노란 광채가 일었어요. 저는 그 새가 오가자 할머니로 보였습니다. 고함지르는 새를 통해 뭔가가 투영되어서 나왔나 싶었죠. 새를 여러 번 그리면서 할머니도 여러 기억의 현장으로 날아다니셨을 거잖아요. 웃다가 울다가 하며 그림에 마음을 주셨겠죠.

"엄마" 하고 고함지르는 팔십삼 세 할머니가 아이처럼 보였습니다. 새도 눈물 한 방울을 머금은 듯했고요. 새 그림은 노트만 한 크기의 작은 그림인데, 그게 뭐라고 거기에 의지해서 속마음을 내주고, 옆에서 누군가가 궁금해 물으면 "그냥 새야" 하고 말수도 있는데 속마음을 꺼내 전해주셨어요. 그런 순간에는 '내가오늘 여기 잘 왔구나. 할머니 옆에서 가만히 기다리고 물어봐 주길 잘한 것 같다'는 생각이 듭니다.

울림의 순간이에요. 공명하는 시간이고요. 그럴 때는 할머니의 방 안에서 더는 아무것도 그리지 않고 시간을 보냅니다. 그림을 앞에 두고 시간이 멈춘 듯 고요해집니다. 할머니 방 안의 약봉지, 물병, 곱게 접은 손수건, 손톱깎이, 조그만 빗, 분첩, 빛바랜붉은 체크무늬 천으로 덮은 낮은 화장대, 글자가 뭉개진 리모컨, 개어놓은 빨래, 겹쳐진 가족사진들을 보면서 이런저런 시시콜콜한 이야기를 나눠요.

할머니의 오래된 방 안에서 〈고함지르는 새〉가 태어난 것같아요. 마치 알라딘의 램프에서 나오는 지니처럼 할머니의 오랜시간 속 어딘가에서 툭 튀어나왔나 봐요. 뭔가를 마음먹고 표현하고자 할 때, 누군가가 구체적으로 관심을 가지면 그것을 형상화하려는 노력, 언어화하려는 노력이 어떤 찰나의 순간에 결과물이 되어 램프 속 지니가 나오듯 탁 하고 새로 나오는 거죠.

제게는 '고함지르잰 하는 새'가 자주 보여요. 할머니가 밭에서 검질잡초 뽑기을 하거나, 오토바이를 타고 외출했다가 챙이 넓은모자를 쓰고 집으로 돌아오실 때도 그 새, '고함지르잰'이 '친구를부르는 새' '엄마를 부르는 새'가 되어 할머니의 어깨에 턱 하니앉아 있어요.

146

전시 준비를 하려고 작업실 벽에 할머니의 새 그림들을 주욱 붙여놨는데 육지에서 온 방송국 피디가 이 작업물들을 보면서 사진을 찍고 가슴에 손을 얹으며 감상하더라고요. 사정을 잘 모르는 관객도 저 지점에서 감동을 받는구나 싶었죠. 작은 그림 앞에서 다소곳해지는 모습이 경건하다 못해 경의를 표하는 듯해서 그 장면이 아주 아꼬웠어요.

새 그림 이후 오가자 할머니는 〈엄마한테 보내는 그림, 보리콩〉을 완성하고 글을 썼는데 그림 때문에 "울어진다"라면서 붓을 놓지 못하셨습니다.

늙어 둔틀락둔틀락한 자화상

부희순 할머니는 그림 공부를 시작한 지 한 달 만에 오른팔이 너무 떨려서 더 이상 그림을 그리지 못하겠다고 선언하셨습니다. 그전부터도 팔이 너무 저리고 떨린다면서 왼손으로 오른팔을 잡고 그림을 그리시곤 했거든요. 지난주까지만 해도 참을 만했던 팔의 통증이 심해져서 놈들 앞에서 그림을 그릴 때 속이 타들락타들락 탄다고 하셨어요. 다신 그림을 안 할 거라고 무대에서 퇴장하듯이 두 손을 흔들며 나가버리셨죠. 그리고 다음 수업 날에는 노인회관 저쪽 편에서 텔레비전을 보며 그림 그리는 할머니 무리 쪽으로는 시선도 안 주고 무심하게 구셨어요.

"열심히들 허영하세요. 이녁은 못 허여합니다. 원, 손이 들 들어야 말을 들어야 기림을 허든지 말든지 허지." 그 이후 할머니는 집에서 혼자 그림을 시도합니다. 〈분농 카바〉, 〈분농 모자〉, 〈분농 필통〉 그림을 여러 날에 걸쳐 완성하셨어요.

농부들 쓴는 모자
그려보니 잘 안 된다
그를 삼사십 대라도

배웠두엇씨면

이런 곳통 업씰 것신대 원통

내가 내안태 원망이라

부희순 2o22. 7. 8.

    부희순 할머니가 한 손으로 다른 한 손을 잡고 그 많은 분홍 선들을 긋는 걸 상상해 봅니다. 모자를 잡아주는 끈은 또 어찌나 섬세한지요. 분농 카바, 분농 모자, 분농 필통으로 할머니의 분홍 수집이 이어지더니 어느 날은 노란 신발을 그리고 거기에 '분농 운동화인대 분농 물감이 업서서 노랑색 물감우로 칠햇서요'라고 적으셨습니다. 할머니에게는 빨간색과 흰색 물감이 있고 그걸 섞으면 분홍이 되지만 그 방법은 아직 어려운 거죠. 그럼에도 어떻게든 분농 운동화를 그려 남기고 싶은 마음이 전해졌습니다.

    하루는 부희순 할머니 집 마당에 들어서며 "바람이 굉장해요, 삼춘~" 하면서 인사를 청했는데 들어선 현관에서부터 할머니가 그린 짙은 녹색의 거대한 오이 그림이 거실 바닥에 놓여 있는 게 보였어요. 노인회관에서 여럿이 함께 그림을 그릴 때는 '쬐글락하게' 그려져서 다시 집에서 찬찬히 그렸다면서 할머니는 "이거시 된 거퇸 건가?" 진지하게 물으셨어요. 기림은 다시는 안 한다며 두 손을 휘저으며 퇴장하셨는데 그 말이 진심은 아니었던 겁니다. 마음이 말을 배신하기도 한다는데, 딱 그랬어요. 그렇게 떨리던 팔이 갑자기 나은 것도 아닌데 할머니는 오이와 사투를 벌인

게 분명했어요. 커다란 오이가 항복을 외치고 종이 위에 떡하니 드러누워 있는 품새였지요.

제가 본 오이 중에 최고였습니다. 할머니가 제게 굳이 물으시는 "이거시 된 거?"는 "내가 이놈을 잡았어. 어때 큰 놈이지?"라는 뜻이었지요. 표정으로 명백히 알 수 있었어요. 그림에 압도되어 감탄만 나왔습니다. '늙어 둔틀락둔틀락하는' 오이라니. 시장에 못 가는 파치 오이라니! 그 오이 그림은 할머니의 자화상과도 같은 그림이라는 생각이 들었습니다.

할머니의 마당

고순자, 〈패적낭〉, 종이 위에 채색, 2022

낭 위를 그리고 싶언싶어
또 그련
어린 때 잘라부난잘라버려
패적이 동그라게 났다
흉터 난 패적
이것도 패적
아래도 패적
요것도 패적
위에도 패적
중간 패적

섭이잎이 적은 가지
섭이 만은많은 가지
낭섶이나뭇잎이 힘이 있어
힘차게 났다
송악산이 밑에서
위로루위로 올라간 검맹이낭검맹이나무

고순자 2022. 7. 2o.

우리 바매기는 선흘에 있다
설문대 할망이 흙을 치마에 싸서 떨어진 거시
오름이 됐다. 옛날에는 억새 산이라 지금은 소나무.
맹개나무 방낭이 만내서 알바매기 되면
2022. 7.8. 고순자

억새
큰소나무

보조집
산타 뱅방
맹개나무

소나무
맹개나무

모

만동산

모

방낭　방낭　억새　소나무　맹개나무　소나무　억새

고순자, 〈우리 바매기는 선흘에 있다〉, 종이 위에 채색, 2022

우리 바매기(바매기오름)는 선흘에 있다
설문대 할망이 흙을 치마에 싸서 터러진 거시_{털어버린 것이}
오름이 뒀다_{됐다}
옛날에는(4·3을 말한다) 억새 산이라
지금은 소나무 맹개나무_{망개나무} 밤낭이_{밤나무가} 만애서_{많아서}
알바매기 되연_{되었다}

고순자 2022. 7. 8.

오십 년 된 우리 집
화귤나무_{하귤나무}

조수용 2022. 6. 23.

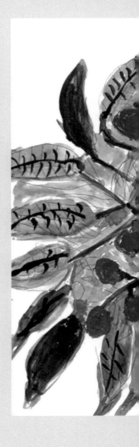

조수용, 〈화귤나무〉, 종이 위에 채색, 2022

오십 년 된
우리집

화굴나무 조수웅
2022 6월 23일

입파리이파리 업는없는 나무 그리니
마음이 허전하다

홍태옥 2022. 5. 9.

나가 바람이 부러서불어서
이래 착 저래 착 했다

조수용 2022. 5. 9.

홍태옥, 조수용, 〈그림 연습, 나무를 그리다〉, 종이 위에 채색, 2022

낙 바람이 부러서
가 이래 착 저래 착 했다

5월 9일
홍 태 욱

조 수 용
오월 9일

159

아저씨 있을 때
같이 살던 집이다
몇 년을
혼자 살다 보니
어느 날
그림 선생님이 오셔서
그림을 그리자 하여서
재미있게 그리고 있다

홍태옥 2o22. 6. 7.

홍태옥, 〈아저씨 있을 때 같이 살던 집〉, 종이 위에 채색, 2o22

2022년 6월
7일
몇년을
혼자살다보니
어느날그
김선 생님
여오셔서
그림을
크리자
하여서
재미있
게그리
고있다

아 저씨있을때 갑이 삼던집이다.

고순자, 〈부희순 할망 집〉, 종이 위에 채색, 2022

선흘 할망 나 고순자
아침에 그림 선생님한태 전화하연전화해서
올 건가 말 건가
오캔 허난온다 하니
기분이 조아좋아
도토리 반죽 멀안만들어
...
살아 있는 동안
그림을 그릴 거쥬
구십 살까지

고순자 2022. 1o. 26.

우리 벽구를 예뻐
그여보았섰요그려보았어요

강희선 2o22. 3. 11.

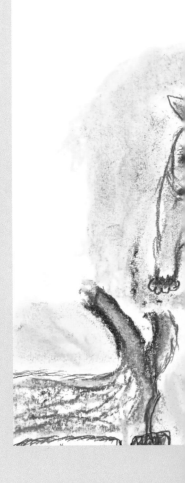

강희선, 〈벽구〉, 종이 위에 채색, 2o22

개 2022.3.11일
우리 백구를 예뻐
그때 보았었요.
강희선

닭

파
랑
새

조수용

민 들 레

조수용, 〈닭, 파랑새, 민들레〉, 종이 위에 채색, 2022

닭
파랑새
민들레

조수용 2022.

이 소는
젖시_{젖이}
세 개 있는
암소주_{암소이지요}
성질리_{성질이}
온순하주_{온순하지요}

강희선 2022.

강희선, 〈소〉, 캔버스 위에 채색, 2022

이 소는 젖이 세 개였는 암소 성질은 순하주 소질은 하주 주리

169

그리니까
좀 배우는
기분이 들어

부희순 2022. 5. 19.

부희순, 〈긴꼬리딱새〉, 종이 위에 채색, 2022

나무 가지 입에 물고
나무 위에 집을 지으래
새끼 나서 낳아서 키우래
나가 시집와
애기 나서 키우듯이

부희순 2022. 5. 19.

부희순, 〈새〉, 종이 위에 채색, 2022

이다음에 하늘나라 가면
새로만 탄생하여도 좋을거쥐좋을거지
시원히 나무 위에 앉아
소리도 깍깍 하고
훨훨 날아도 다니고

강희선 2022. 5. 18.

강희선, 〈새〉, 종이 위에 채색, 2022

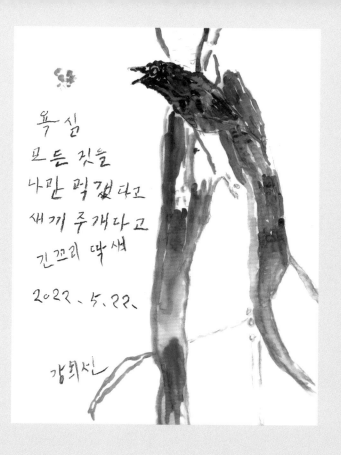

욕심
모든 것을 나만 먹갰다고먹겠다고
새끼 주개다고주겠다고

강희선 2022.5.22.

강희선, 〈긴꼬리딱새〉, 종이 위에 채색, 2022

아침에
일찍 일어나서
새끼 생각
오늘은 먹을 거
주었주

강희선 2022. 5. 22.

강희선, 〈새끼 생각〉, 종이 위에 채색, 2022

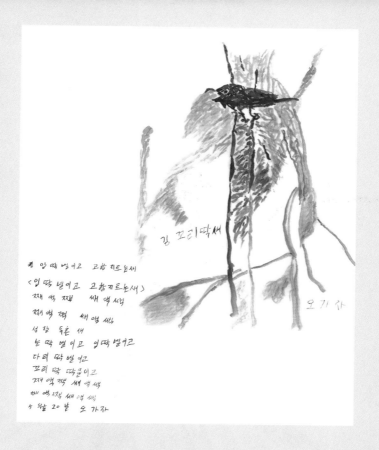

입 딱 벌이고벌리고
고함지르는 새
째액짹 쌔액쌕
째액짹 쌔액쌕
성질 독흔독한 새

눈 딱 벌이고 입 딱 벌이고
다리 딱 벌이고
꼬리 딱 딱 올이고올리고
째액짹 쌔액쌕
째액짹 쌔액쌕

오가자 2022. 5. 2o.

오가자, 〈입 딱 벌이고 고함지르는 새〉, 종이 위에 채색, 2022

오가자, 〈고함지르잰 하니까〉, 종이 위에 채색, 2022

고함지르잰 하니까
목에 힘주고
어깨에 힘주고
발 두 개 힘주고
발가락 딱 벌이고
벗을 불럼주게
옛날 친군 다 죽어불고
엄마를 불럼주게
홍중옥 엄마 보고 싶다

오가자 2o22. 5. 2o.

나신디 나냥으로

마음속에 말이
그림을 배우면
조금씩 나올 것 같아.

비빌 언덕이 있어서

제주에 정착하면서 달라진 저의 생활을 돌아봅니다. 기울어진 운동장을 내려온 것 같아요. 그 운동장에서 내려오면 처음엔 당황스럽겠지만 거기에는 광야가 있어요. 너른 들. 아득하게 너른 벌판. 허허벌판이에요.

마을에 들어서면 돌을 고른 흙이 있고 텃밭을 일구어 그날의 밥상을 차려 밥을 먹는 사람들을 만날 수 있습니다. 광야에서 오랜 시간을 살아낸 사람들. 골 아픈 일을 하느라 허리가 아플 때까지 견뎌내지 않아도 되는 건, 할머니라는 비빌 언덕 곁에 가 드러누우면 그만이기 때문이에요. 쉬라고 베개가 날아옵니다. 그렇게 이웃 할머니 집에 가서 잘 쉬어요. 제 외할머니, 유모 할머니에게 가서 종종 그랬듯이요. 어쩌면 그림을 가르쳐드린다는 핑계로 제 무의식이 쉼을 청하러 가는 건지도 모르겠습니다.

언젠가 강희선 할머니와 조수용 할머니가 제 작업실에 놀러 와서 식사를 하셨어요. 제가 자주 해 먹는 초간단 파스타와 샐러드를 해드렸더니 외국 음식이라고 맛 좋다며 드셔주셨는데 그러면서도 집으로 돌아가면서 두 분이 이야기하셨대요. 그래도 밥은 여기(제주) 것이 먹을 만하다고, 외국 것은 좋지 아니하다고.

그러니 그림 선생도 밥은 할망 집에 와서 여기 것을 먹으라고 하셨습니다.

며칠 후 이른 아침에 희선 할머니가 화북에 있는 은행에 가야 한다고 선생 차 좀 빌리자고 전화를 하셨어요. 제가 동네 택시입니다. 은행 일을 마친 다음에는 함덕에 있는 고운 미장원에 가서 머리를 자르고(낼모레가 증손주 백일이라고 하시면서요) 오일장에 가서 할머니의 침대에 씌울 이불 커버를 고르고 텃밭에 심을 모종을 사고 '각재기'라는 생선을 사서 집에 돌아와 점심을 준비하셨어요. 텃밭에서 기른 무를 썰어 넣고, 저랑 같이 함덕 방앗간에 가서 빻아 온 붉은 고춧가루가 매운지 어떤지 맛보자면서 한술 떠 넣고 센 불로 보글보글 각재기조림을 만들어 밥상을 차리셨지요. 꼬부라진 허리로요. 생선조림을 한술 떴는데 제아무리 미슐랭 맛집이라도 할머니의 집밥은 절대로 이길 수 없을 거라는 생각이 들었어요. 신선하고 야들한 생선 살에 할머니가 직접 농사지은 고춧가루가 칼칼하게 배서 밥도둑이 따로 없었습니다.

그야말로 광야에서 매일 승리하는 삶이죠. '보잘것없을 게 뻔한 것을 보잘것없지는 않도록 길러낸'(황정은, 《계속해보겠습니다》, 창비, 44쪽) 할머니의 투박한 손이 예사롭지 않아 보였습니다. 오래된 고목의 껍질처럼 두툼하고 결이 많은 아름다운 손이었어요. 할머니는 저 때문에 밥이 먹어진다고 덩달아 그 자리에서 두 공기를 드셨어요. "선생 때문에 물고기를 샀는데 이녁도 막 맛 좋아. 하하하."

그날 저녁 요가 수업을 듣고 난 후에 룸메이트와 다시 희선 할머니의 집에 가서 저녁을 먹었어요. 와서 저녁 먹으라고 할머니가 또 전화를 하셨거든요. 가지 않을 수 없었습니다. 결국 그 많던 각재기조림을 무 한 토막도 남기지 않고 싹싹 바닥냈어요. 제주가 저를 그림으로 홀리고 할머니의 집밥으로 홀립니다.

광야에서 살면 '7초만 설레는' 게 아니고, '5분만 숨통이 트이는' 게 아니고(드라마 〈나의 해방일지〉 중에서) 그냥 저절로 숨이 쉬어지지 않을까 생각해 봅니다.

바람이 선흘 마을을 휩쓸어버릴 것 같았던 날, 염려가 되어 돌아본 이웃 할머니 집에서 부희순 할머니는 오랫동안 삶을 살아낸 자의 얼굴로 태연한 모습이었습니다. '이런 바람쯤은 괜찮다!' 하는 표정이었죠. 그날 삶은 달걀을 나누어 먹으며 함께 써 내려간 일기에 할머니는 이렇게 적으셨어요.

날씨 흐리고
제주도는 이 바람이
여름만 나면 계속 불지
오래 살면
이 바람이 아라져알아져
여름에는 마바람마파람
나가 팔십팔 년 동안
샛바람 마바람

무쭉껀 마지며 살았찌무조건 맞으며 살았지

육지는 바람이 어떻게 부는지

난 모르지

부희순 2022. 6. 27.

별빛 하나

저는 밤 산책을 자주 하는 편입니다. 어느 날은 마을을 향해 걷는데 불현듯 할머니들이 살아 있다는 사실이 믿기지 않았어요. 어떻게 그 많은 죽음을 겪고 사시는가 싶었죠. 일제강점기, 4·3 사건. 할머니보다 앞서간, 가슴에 묻은 생때같은 죽음들. 그래서 할머니들이 이제야 뭔가를 그림으로 그려내면 경이로움을 느낍니다. 지금이 아니면, 오늘이 아니면 남길 수 없는 그림이구나 하는 마음이죠.

"내년에는 뭘 해볼까요?" 제가 물으면 윤춘자 할머니는 "내년은 어신데없는데. 나신디내가 여든여덟 개인데 내년이 어떵 이시냐어떻게 있나?" 그러세요. 만일 제 학생 중 누군가가 내년에 돌아가신다면⋯ 생각하고 싶지도 않지만 그런 날이 언젠가는 도래하겠죠. 할머니들이 죽기 전에 자신의 이야기를 꺼내고 그림을 그리고 글로 써서 남긴 흔적들을 이불 밑에, 옷장 안에 꽁꽁 담아두고 계신데, 그런 모습을 볼 때면 당신이 갑작스럽게 돌아가셨을 때, 타인에 의해 급히 유품이 정리될 때를 대비해서 아주 가까운 죽음 앞에 자신의 삶을 미리 정돈하고 있는 게 아닌가 하는 생각이 듭니다. 그것도 아주 대수롭지 않게요. 물론 이야기의 톤이 무거울 때도 있지만요.

부희순 할머니는 집 한쪽 창고에 널판을 차곡차곡 쌓아놓으셨어요. 죽으면 당신의 몸 위에 덮을 나무래요. 방 안 옷장에 수의로 입을 베옷을 준비해 놓으신 할머니도 여럿이고요. 죽음을 아주 가까이에 두고 사는 삶 앞에 서면 경건해집니다. 제주에서는 밭 가운데 무덤이 있는 경우도 흔해요. 무덤을 '산'이라고 부르는데, 산 둘레에 돌을 조금 쌓아 '산담'을 만들어 묘지라는 걸 표시하고 큰 경계나 울타리를 만들지는 않습니다.

저는 지금껏 감히 미래를 설계하고 살았어요. 아직은 내 일이 아닌 것처럼, 살면서 오지 않을 미래인 것처럼 죽음을 대했죠. 그 사실을 인정하게 되었습니다. 할머니들은 그저 담담히 오늘의 할 일을 하세요. 한곳에 정주하며 삶을 향한 나름의 태도로 정진해 나가시는 모습이 일견 수도자 같다는 생각을 합니다.

저는 할머니가 좋아요. 계획을 짜고 설계를 하는 도시적인 삶보다 불어오는 바람을 온몸으로 맞으며 사는 친구들을 만나 기쁩니다. 그렇게 저도 내일보다는 오늘을 살게 되었죠. 그저 제가 발걸음 할 수 있는 곳을 느슨하게 찾아가면서요. 어쩌면 저도 할머니도 마지막 이야기를 하는 것 같아요. 할머니의 그림을 빌려서 할머니와 일기를 쓰며 비로소 오늘을 기억할 수 있는 인류가 된 거죠. 그날의 일기가 없으면 사라지고 말 이야기들, 기록조차 되지 않을 이야기들, 할머니의 말을 빌리면 '누구에게도 고라주지말하지 않은' 이야기들, (가슴을 가리키며) '여기서' 꺼내는 이야기들. 그런 이야기를 마주하다 보면 숨을 참게 됩니다. 엄청난 작업이에요. 살아서 만드는 할머니의 유산이지요.

밤 산책을 하다 보면 할머니들의 오래된 불면증을 만나게 됩니다. 노인성 우울증 약을 드시는 분도 있고요. 혼자 사는 일이 결코 괜찮은 일이 아닌데, 어떻게든 살아내시는 거죠. 괜찮지 않음을 견디면서요. '나냥대로ㅏㄴ대로' 산다 말씀들을 하지만 실은 오래된 고독입니다. 한번은 강희선 할머니가 일기에 '답답한 생활 하다가 누가 기쁜 말 전해주면 이것이 해방이 되어 기쁜 것이 해방이주'라고 적으셨어요. 친구, 그림으로 친해진 사람, 우정의 세계, 내 그림을 보고 웃어주는 사람들과의 관계, 동네 어린이 친구들… 이런 존재들로 할머니가 환하게 빛이 납니다.

제주도의 밤은 칠흑 같습니다. 걷다 보면 캄캄한 하늘이 전경을 장악합니다. 압도적이죠. 손전등을 들지 않고 그저 어둠을 뚫고 마을 올레로 걸어가는 그 기분이 나쁘지 않습니다. 손전등 없나? 하고 요란 떨지 않고 걷다 희미하게 불이 켜진 할머니의 집을 보면서 아직 안 주무시는구나 알게 되지요. 그때는 캄캄한 밤에 별빛 하나를 찾은 느낌입니다. 북극성을 찾으면 그다음 별을 찾을 수 있는 것처럼 그렇게 한 집 한 집 캄캄한 선흘 마을을 산책하는 동선은 별자리를 도는 동선이 되지요. '북두팔성'이라고나 할까요. 이따금 밤을 홀랑 샜다고 하는 할머니도 만납니다.

잠에서 께여깨어 보니 세벽새벽 한 시라
누워도 다시 잠은 아니 와서
공책을 꺼내었다
넷모난네모난 밥상을 침대 위에 펴놓고
그림을 공책에 한 장씩 한 장씩
반듯하게 부쳤다반듯하게 붙였다
또 잠이 아니 와
누었다가누웠다가 일어나서
공책에 귀여운 우리 벽구를
연필로 그려보았셔요그려보았어요
시계를 보니 새벽 4시
오늘 밤은 홀낭 지나섰요홀랑 지났어요

강희선 2022. 4. 11.

나냥의 세계

제게는 어머니보다 정서적으로 더 깊이 연결된 유모 할머니가 계세요. 제가 한 살 때부터 함께 살았습니다. 귀가 어두워 거의 듣지 못하셨지만 당당하고 유머러스한 할머니였어요. 돌아가실 때까지 저와 사셨습니다. 2018년에 갑작스러운 심장마비로 여든넷에 세상을 떠나셨는데요. 너무도 황망했어요. 법적으로 혈연관계가 아니라 할머니의 시신을 모셔 와 장례를 치르는 게 안 된다고 하더군요. 그래서 집에 목사님을 모시고 가까운 분들과 애도하는 시간을 보냈어요. 마음이 차분해지고 나니 여태껏 할머니 품에서 자라온 온갖 기억이 더해지면서, 할머니야말로 예수님 같은 분이었다는 생각이 들었습니다. 제가 뭐라고 그렇게 애지중지 돌보고, 제 아이까지 돌보고, 제가 문화 공간을 운영할 때는 그 직원들까지 전부 챙기고 정을 주셨을까… 얼마 전에 화엄경 한 구절을 읽는데 '무량하다'라는 단어가 마음에 박혔어요. 유모 할머니가 떠올랐습니다. '내가 이 아이 하나는 살려야겠다'는 마음으로 저를 돌보신 것 아닐까요. 어릴 적부터 쌓은 유모 할머니와의 유대감 덕분에 제가 지금도 할머니들과 자연스럽게 함께할 수 있는 거죠.

선흘 마을에서는 할망들이 어른입니다. 할아방은 오래전에 모두 돌아가셨고 집집마다 할망이 땅을 일구며 중심을 잡고 계시죠. 대부분이 팔구십 대인데도 살아 있는 동안은 농사를 짓겠다 하십니다. "나신디 나냥으로 살안나는 나대로 살아." 자식 도움 없이 살겠다는 의지가 강해요. 뭐라도 기르고, 수확물을 생산하는 게 자연의 순리라고 생각하십니다.

강희선 할머니는 '땅에서 나온 거로 삽니다. 한 인생을 그거로 사는 거주'라고 표현하셨어요. 땅에서 생산된 것을 먹고 또 귀하게 나누고 그 씨앗을 받아 보관했다가 절기에 맞게 다시 심습니다. 자급자족하는 삶이죠. 요즘은 마농마늘과 패마농쪽파을 심고 있습니다. 이제 막 깨를 수확한 참이고요. 깨 타작을 준비하느라 온 마을 돌담과 너른 마당마다 깻단 다발이 줄지어 서 있어요.

창고에서 그림을 그릴 때 홍태옥 할머니는 당신 키보다 더 큰 도리깨로 하는 도리깨질도 보여주셨습니다. 엄청나죠. 지금은 거의 기계로 탈곡하는데도 태옥 할머니 창고에는 도리깨가 여전히 버티고 있어요. 살아온 생활의 유산처럼 창고 깊숙이 간직하십니다. 창고에는 노란색의 네모난 플라스틱 광주리가 가장 큰 자리를 차지하고 있는데요. 수백 개는 됨 직한 광주리가 이삿짐처럼 층층이 쌓여 있습니다. 귤 농사를 많이 짓는 지역이니 귤을 담는 바구니가 수백 개씩 창고 가득 쌓여 있는 풍경이 흔한 거죠.

선흘 마을에서 만나 그림 수업을 하는 할머니들이 스스로를 해방시킨 공통의 도구는 '백지'라는 텅 빈 무대입니다. 그러므로 할머니라는 사피엔스가 해방 이후 나아가게 될 세계에 대한 기록 역시 백지라는 영역에서 매일매일 시작되지 않을까 짐작해 봅니다. 그림이라는 초월적 힘으로 할머니라는 사피엔스의 오늘을 기록하며, 우리는 더 나은 방향을 찾아 한 걸음씩 나아갈 겁니다. 다음 세대의 아이들이 걸어갈 길을 보다 안전하게 열어야 하니까요.

할머니의 방 안

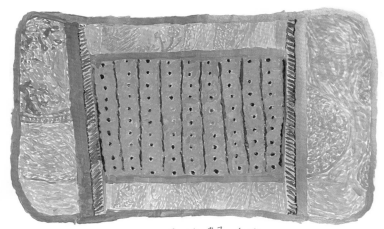

배개

큰 딸 짜근 손지가 할머니 배개 사 왔서요

손지 생각나는 배개

한 4년 댄것 가타

2022 7월들 20먼날 오 가 자 이걱 배고 누우면 아무 성각 안난다

오가자, 〈손지 생각나는 배개〉, 종이 위에 채색, 2022

큰딸 자근 손지가작은 손주가
할머니 배개 사 왔서요베개 사 왔어요
한 4년 댄 것 가타된 것 같아
이것 배고베고 누우면
아무 생각 안 난다

오가자 2022. 7. 2o.

홍태옥, 〈밥상〉, 종이 위에 채색, 2022

흉보지 마세요
15년 너문넘은 밥상입니다

나무 밥상은 딴딴하여
오래 써도 부러지지 않해서
오래도록 밥 차려 혼자 먹고 있다

동그란 밥상인데
믿에 다리를 접으면
세워둘 수도 있다

밥상에서 물감 펴놓코 붓 들고
그림도 그려보고 한다
혼자 그림을 그리면
마음이 허전하다

친구 한 명이라도 와서
그림 같이 그렸으면 조을 건데
아무도 오지 안았다

홍태옥 2022. 8. 2.

나 시집올 때 해 온 이불인디
옛날에는 시집올 때 이불 싸서 이불포에이불보에 싸
젤로 중요하지
그래서 던져버리지 않고 덮어두었지
아들들 오면 이거 피워펴
마루에도 자고 여기도 자고
아들이 다섯이 다 오면 손자가 열이라
며느리 다섯, 손자가 열
이 방 저 방 이불 피고펴고 잔다
내 옆에 며느리 자고 손지 자고
기분이 좋지
옷거리옷걸이 가득 옷 걸어두고
집이 와글와글하니 조치좋지

홍태옥, 〈괴와 이불포〉, 나무판 위에 아크릴, 2022

제사 끗나고^{끝나고} 다 가버리면
나 혼자 잠자지
천장을 보면 허전하지

같이 살 사람이 어디 있어?
친구랑 살라고?
제주도는 경^{그렇게} 안 해
혼자 살아야 자식들 한 번씩 오믄^{오면}
자고 가지
한 번씩 오지
엄마 보러 한 번씩 오지
제사 때도 오고 정월 명정^{명절}에 오고
추석 때 오고 벌초 때 오고
휴가 하면 한번 오고
엄마가 여기 있어야지
우리 동네는 할망들이 다 혼자 살아
엽집^{옆집}도 혼자
압집^{앞집}도 혼자
건너집^{건넛집}도 혼자
엽집도 가서 보면 사람이 업고^{없고}
압집도 가서 보면 사람이 업고

나는 친구 차자^{찾아} 놀러 같다^{갔다} 돌아온다
마음이 섭섭하다
나는 집 안에서 혼자 논다

홍태옥 2022. 11. 2.

심심해서 할 건 업고없고 방에 들어가 보니
옛날 이불포가 있어 그려보았다
연필로 이불포에 분홍 꽃 모양을
큰 거 중간 거 자은작은 것 그렸다
물감으로 두 가지 색을 섞어 꽃에 칠했다
꽃과 꽃 사이를 청하늘색으로 연결했다
이불포 아래 옷괘옷궤 그리자니
장석장식이 너무 많아서 하나씩 보고 그려보았다
내가 늙어도 그림을 그리라고 하니 좋다

홍태옥 2022. 3. 19.

2022년
3월10일
홍 태 옥

홍태옥, 〈이불포〉, 종이 위에 채색, 2022

32살
송당에서
선흘 와서
함덕에 가서
사 온 궤

홍태옥 2022.

홍태옥, 〈궤〉, 종이 위에 채색, 2022

32살
송에서온당서를서
선와참덕가사제
에에
서

2022년 7월 7밤날 오가자

배이불
내가 만든 배이불
2012 후부터 내울자
사랐다
내 이불 하나는 깔고 한개는 더푸꼬

오가자, 〈배이불〉, 종이 위에 채색, 2022

내가 만든 배이불
2012(년) 후부터 내 혼자 사랐다살았다
배이불 하나는 깔고 한 개는 더푸고덮고

오가자 2022. 7. 7.

집에 있는 의자를
그리자니 못 그리더라

홍태옥 2022.

집에 있는의자를
그 리 자 니 못 그 리 더 라

홍 태 옥

홍태옥, 〈의자〉, 종이 위에 채색, 2022

분농 필통   2022. 7. 8.
            부희순

부희순 부르면
큰 소리로 예 하고
그림을 그린다

일주일에
한 번
공부하면
너무 약소하여

마음속에 말이
그림을 배우면
조금씩 나올 것 같아

부희순 2022. 5. 26.

부희순, 〈분농 필통〉, 종이 위에 채색, 2022

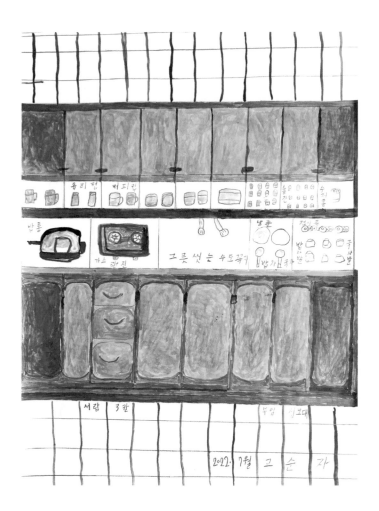

고순자, 〈부엌〉, 종이 위에 채색, 2022

2022 윤 춘 자

윤춘자, 〈마루에 있는 그림〉, 종이 위에 채색, 2o22

딸이
길러보세요 하고
나무 한 개 주고 갔다

강희선 2o21. 12. 14.

강희선, ⟨딸이 준 나무⟩, 종이 위에 연필, 2o22

강희선,
〈꽃병〉,
종이 위에 채색,
2021

강희선,
〈방 안에 화분〉,
종이 위에 채색,
2022

1214
2021 강희선 꽃병

2022년 3월 1일 강희선
방 안 에 화분

1937년생. 제주 조천의 신촌 마을에서 태어나 스물두 살에
선흘 마을로 와서 지금까지 살고 있습니다. 선흘 마을에서
초등학교를 나온 몇 안 되는 분입니다. 할머니에게 소는 각별합니다.
쇠태우리소를 기르는 사람 할아버지가 쓰시던 물건들이 아직도
할머니의 쇠막을 채우고 있습니다. 소 그림을 그려보려고
10년 만에 서귀포까지 가서 이중섭이 그린 황소를 보았고,
그길로 아들의 축사에 가서 이젤을 펴고 화폭에 소를 담았습니다.
그림 속에서 해방을 찾는 할머니는 실없는 소리를 던지는
사람들에게 가끔 이렇게 외칩니다. "꺼지라게!"
〈할망은 열무를 사랑합니다〉 〈분홍 어깨달이〉 〈인주 팬티〉 등의
작품을 그렸습니다.

우리가 답답한 생활 하다가
누가 기쁜 말 전해주면
이것이 해방이 되어
기쁜 것이 해방이지요

─────────────────────

강희선 할망

여덟 할망들

사진 ⓒ 달여리

1939년생. 할머니는 눈에 보이는 건 뭐든 그리십니다. 친구를 좋아하셔서 일기에 친구가 자주 등장합니다. 처음 연필을 잡은 뒤로는 매일매일 그림을 그리셔서 할머니의 그림이 다른 할머니의 그림 교본이 되곤 합니다. 노인대학에서 강의를 들은 적은 있지만 당신이 그림 같은 걸 그리게 될 줄은 몰랐다며, 여든네 살에 인생 첫 선생이 생겼다고 환하게 좋아하셨습니다. 2022년 초부터 그림을 그리기 시작했고 그해 11월에 열린 '할망 해방일지' 전시에서 그림이 높은 금액에 판매되어 할머니들의 질투를 샀습니다. 〈동문시장에서 산 옷〉〈우리 바매기는 선흘에 있다〉〈패적낭〉 등의 작품을 그렸습니다.

살아 있는 동안 그림을 그릴 거지
구십 살까지

고순자 할망

여덟 할망들

사진 ⓒ 달여리

할머니 소개

1939년생. 여든넷인 지금도 밭일을 많이 하십니다. 동네 할머니
여럿이 한 조가 되어 품앗이하는 일인데 인원수를 맞춰주기 위해
밭일에 빠지지 않으십니다. 일하러 나가느라 그림 수업에는 종종
결석하지만 그렇게 마을 공동체의 중요한 신의를 지키고
계십니다. 강희선, 홍태옥 할머니와 선흘 마을 삼인방으로 집에
함께 모여 자주 그림을 그리십니다. 서로 웃고 떠들며 그림을
그릴 때만큼은 여전히 십 대 소녀 같습니다.
"하루하루 살단 보난살다 보니 팔십비 너멌구나팔십이 넘었구나. 그리고
그림 선생 만나서 그림 그리고 있구나"라고 하셨습니다.
〈여름옷〉〈동문시장에서 산 신발〉〈콜나비〉 등의 작품을 그렸습니다.

사람이 틀리니깐 그림이 틀려
마음이 다 틀린 것이 그림도 틀려

김인자 할망

여덟 할망들

사진 ⓒ 달여리

1935년생. 할머니는 그림을 그리다가도 휙 집에 가버리시곤
했습니다. 어느 날은 오른팔이 너무 떨려서 더 이상 그림을
못 그리겠다고 선언하고는 무대에서 퇴장하듯 그림 수업 모임에서
빠지셨습니다. 하지만 할머니 집에 가보니 그림을 잔뜩 그려놓고
고민 가득한 얼굴을 하고 계셨습니다. 팔이 아파도 그림을
포기하고 싶지는 않으셨던 겁니다. "그리니까 좀 배우는
기분이 든다"고 하셨습니다. 큼지막하게 드러누운 오이를 묘사한
명작 〈늙어 둔틀락둔틀락〉을 그리셨고, 분홍색을 좋아해서
'분농' 작품들도 다채롭게 그렸습니다. 〈분농 모자〉 〈분농 운동화〉
〈긴꼬리딱새〉 등의 작품을 그렸습니다.

그림 잘못 그리면 다시 그리면 되고
공부는 늙어도 해야 한다

_____

부희순 할망

여덟 할망들

사진 ⓒ 달여리

1940년생. 일본에서 태어나 한 살 때 제주로 왔습니다.
할머니 집에는 몰래 숨겨놓은 인상파 화가라도 있는 걸까요?
첫 그림부터 자신감 있는 터치와 색감으로 상상을 뛰어넘는
그림을 그리셨습니다. 명작 〈입 딱 벌이고 고함지르는 새〉를
그리고는 "이 새는 벗을 부른다"고 하셨고,
〈엄마한테 보내는 그림, 보리콩〉을 그리고 일기를 완성한 후에는
그림 때문에 "울어진다"라면서 붓을 놓지 못하셨습니다.
옷의 무늬를 좋아해서 할머니의 옷들도 그림으로 여럿
남기셨습니다. 〈팔 짜른 철쭉 꽃무이 남방〉 〈연분홍 양말에
반짝이 부쳤지〉 〈손지 생각나는 배개〉 등의 작품을 그렸습니다.

사람도 새파랗게 사는 거로구나
오이처럼

오가자 할망

여덟 할망들

사진 ⓒ 달여리

1935년생. 할머니의 〈반짝이 쓰레빠〉를 비롯한 작품들이 모두
불에 타는 안타까운 사고가 일어났습니다. 그래도 할머니는
그 호탕한 웃음을 담아 계속해서 그림을 그립니다.
"내년에는 뭘 해볼까요?" 물으면 "내 나이가 여든여덟 개인데
내년이 어떻게 있냐"고 대수롭지 않게 대답하며
듣는 이의 마음을 철렁 내려앉게 하지만 당신은 그저
담담한 표정으로 오늘의 할 일을 묵묵히 하실 뿐입니다.
그 모습이 일견 수도자 같아 마음이 경건해집니다.
〈그림 그리멍 살아지카〉 〈콩잎〉 〈마루에 있는 그림〉 등의 작품을
그렸습니다.

그림 그리면
　　　　살아질까

윤춘자 할망

여덟 할망들

사진 ⓒ 달여리

1930년생. 선흘 마을의 왕언니이자 살아 있는 역사입니다.
선흘 마을에서 태어나 한곳에서 94년째 정주하고 계십니다.
혁명군 같은 첫인상이 강렬했습니다. '으라차차 할망'이란 별명으로
다른 할머니들에게 자주 웃음을 주십니다. 그림 수업에서도
총기 가득한 눈으로 민첩하게 으라차차 그리고는 후다닥
자리를 뜨시곤 했습니다. 자리보전하는 남편을 오래 병시중하다
얼마 전 떠나보냈습니다. 집 마당에 50년이 넘은 하귤나무를
키우고 있습니다. 〈밀짚모자〉 〈화귤나무〉
〈상처 난 거도 버리지 마라〉 등의 작품을 그렸습니다.

상처 난 거도
버리지 마라

조수용 할망

여덟 할망들

사진 ⓒ 달여리

1937년생. 제주 송당에서 태어나 서른한 살에 옆 마을 선흘로 시집오셨습니다. 8년 전에 남편을 떠나보낸 후 쭉 혼자 살고 계십니다. 할머니 마음속에는 이루 다 말할 수 없는 아픈 사연이 허다하지만 당신은 아들 다섯 부자라고 뿌듯해하십니다. 그림 수업의 첫 번째 학생으로 허리도 꼿꼿하고 자세도 반듯한 우등생입니다. 할머니가 기록한 식물은 금방 밭에서 따온 것처럼 생생하고, 여름 옷장에서 꺼낸 옷 그림들은 세밀화처럼 보는 이를 끌어당깁니다. 할머니의 꿈은 미국으로의 그림 여행입니다. 〈사락사락한 나시〉 〈이 옷이 무슨 색인고 하니〉 〈괴와 이불포〉 등의 작품을 그렸습니다.

그림을 그리다 보니
커피를 잊어버리고
식어버렸다

홍태옥 할망

여덟 할망들

사진 ⓒ 달여리

너도나도
해방 찾기

사용 설명서

안희경

저널리스트, 《나의 질문》《오늘부터의 세계》 저자

표준국어대사전 **고갱이**

1. 풀이나 나무의 줄기 한가운데 있는 연한 심.
2. 사물의 핵심이 되는 부분을 비유적으로 이르는 말.

홍태옥 할머니의 〈밥상〉 그림을 보고 떠올린 낱말이었다. 고갱이. 화폭 한가운데 펼쳐진 둥그런 나무 밥상, 그 위에 놓인 팔레트와 물감들, 가장자리에는 꽃받침마냥 올록볼록 장식이 새겨져 있다. 삼시 세끼만 차려도 15년이면 만오천 번 넘게 행주로 훔쳤을 밥상인데, 옻칠이 그대로다. 쓸려가지 않은 견고한 일상의 자리에 각재기 조림, 시래기 무침을 비집고 화방이 들어왔다. 할머니의 〈밥상〉 초기 그림에는 붓이 방바닥에 놓여 있었다. 화가는 밥상 위에 얹는다고 얹었을지 몰라도 내 눈에는 상 아래에서 양손에 쥐고 장단 맞춰주기를 기다리는 모양새였다. 할머니의 일상에 배어들고 있는 엇박자의 리듬이 전해지며 덩달아 흥이 올라왔다. 오늘을 사는 홍태옥의 본질이다. '먹고 궁리하고 그리리라!'

조수용 할머니의 〈참외〉 역시 그렇다. 참외를 드신 지 90년이 훌쩍 넘어서 아는 걸까? 상처가 났건 곪건 간에 맛은 같다고 본질을 설파한다. 차등을 둔 값 매기기가 당연한 시절, 우리는 먹거리인데 볼거리로 좋다 나쁘다 가른다. 화가는 또 '곱다'는 표현을 상처 없는 대상에 써 그림을 천천히 보도록 마음을 붙들었다. 곱게 자라도록 보살핀 바람, 벌레, 농부의 섬세한 호미질까지 두루 감사하게끔 이끈다. 삶의 바른 자세에 대한 조수용의 '참외 법문'이었을까?

할머니들의 그림을 온라인이 아닌 눈앞에서 마주한 때는 2022년 7월 말로 후텁지근한 공기가 선흘에 깔린 날이었다. 그림 선생이 할머니들의 그림에 맞춰 액자를 끼우던 시기였는데, 그림을 보러 선생의 집에서 볍씨학교 목공방까지 가기가 미적거려졌다. 백 발짝이나 될까 하는 거리일 뿐인데…

목공방 바닥엔 톱밥이 수북했다. 당연히 에어컨은 없다. 그림 선생이 켜켜이 쌓인 그림들을 창과 창 사이의 벽에 늘어놓으며 보여주는데 나도 모르게 이끌리듯 다가갔다. '자고로 그림이라 함은'에 대한 내 안의 잣대들이 화르륵 무너져 내렸다. 모든 경계를 허물어뜨린 최초의 작품은 김인자 할머니의 〈여름옷〉이다. 붉은 종이 위에 흰색 색연필로 숨을 참아가며 총총히 짜놓은 니트다. 가슴팍엔 반짝반짝한 유리 보석도 붙였다. 그림 옷은 마치 달아오른 몸에 살포시 얹어 놓은 연분홍 레이스처럼 하늘거렸다. 함덕 해변에서 실려 오는 미풍 한줄기가 머무는 듯했다. 그저 윗도리일 뿐인데 사람이 느껴졌다. 할머니의 몸일지 모른다. 올올이 배어 있는 삶의 자세. 뭉클함을 주었다. 고마운, 그들의 그림 그리는 시간이다.

선흘 할머니들과 최소연의 삶이 마주쳐 그림으로 풀어지고 있다. 그들이 길어 올리는 삶의 고갱이들은 '마음 풀기 매뉴얼' 같은 최소연의 교육법이 있어 가능했다.

대안학교인 볍씨학교의 미술 선생 최소연은 학생들을 이끌고 마을로 나갔다. 선흘에서 청소년기를 보내는 제자들이 그 땅에 발 딛고, 함께 머무는 온 생명을 몸으로 느끼며 성장하길 바랐다. 그리고 예술가이자 국내외의 여러 전시를 총괄했던 감독의 눈으로 제주 생활사의 보고인 할머니들의 창고를 포착해 냈다. 생활하는 안채보다 더 큰 창고에는 60년은 족히 넘는 생의 흔적이 지층처럼 쌓여 있었다. 해녀 시절의 흔적도 있었고, 가재도구는 물론이고 귤 농사, 밭농사 등 죄다 플라스틱으로 변한 요즘의 도구들마저도 그 플라스틱의 변천사를 말하듯 켜켜이 자리했다. 그 너머엔 짚, 풀, 나무로 된 도구들이 신석기시대에서 철기시대로, 수렵 사회에서 농경 사회를 거쳐 자본주의 상품경제 사회로 다다른 궤적을 한눈에 보여주고 있었다. 대소쿠리처럼 짜인 한국 경제사였다. 여기에 여자아이에서 할망에 이르도록 제주 살이 안팎을 아울러야 했던 팍팍한 삶도 건성건성 말을 걸어왔다.

　　미술 선생은 할머니 집이라는 무대를 설계하고 그림 그리는 시간이라는 제한 장치를 걸어 할머니와 육지에서 온 학생들, 그리고 서울내기 본인까지 배우로서 그 속으로 들어갔다. 학생들은 이젤을 펴고 그림을 그리고 미술 선생은 연극 속 연극처럼 할머니를 인터뷰하며 사건을 만들어냈다. 주거니 받거니 극본 없는 드라마가 펼쳐졌다. 비록 관객은 반응 없는 새와 개와 고양이, 꽃과 나무였을지 몰라도 그들의 마음은 전과 다른 농도로 물들었다. 여기까지가 1막 1장이다.

1막 2장은 어느 화창한 날, 마당에 빈 이젤과 목탄이 놓여 있던 심심한 시간에 시작되었다. 빈 그림판을 궁금해하던 홍태옥 할머니가 목탄이 나무를 태운 막대기라는 것을 알게 된다. 당신이 잘 아는 숯검댕이라니 만만했다. 그리고 삶의 궤도가 틀어진다. 여든여섯에 그림 그리는 인류로서의 본능이 깨어난 것이다. 그렇게 연극은 끝나고 할머니들의 해방길 여정이 시작되었다.

　　할머니들은 살가운 선생을 따라 당신들이 잘 아는 것, 당신들이 늘 함께해온 물건들을 그리기 시작했다. 그리고 실패하고, 또 그리는 사이 온갖 묵은 이야기가 세월을 헤집고 올라왔다. 곱씹기도 하고 어르기도 하며 놓아주었는데, 묵은 감정이 몸을 휘돌아 씻겨 나가는 시간이었다.

　　어느 날 강희선 할머니가 그림 선생에게 비밀 이야기 하듯 속삭였다. "내가 팬티를 그려도 될까?" 그림 선생은 좋은 생각이라며 활짝 반겼다. 그러자 되려 할머니가 "할망 팬티인데…"라며 주춤거렸다. 애달은 선생의 응원을 동백동산의 도토리만큼 받고 난 다음에야 동무의 〈사락사락한 나시〉만큼이나 세밀한 〈인주 팬티〉를 그려냈다. 그림을 완성한 강희선 할머니의 첫마디는 "속이 뻥 뚫렸다"는 탄성이었다. 여자아이였기에 고사리손일 때부터 조물조물 빨아야 했고, 벗어서도 한쪽에 꿍쳐놔야 했으며, 볕 잘 드는 마당에는 널지도 못하고 안 보이는 곳에 널어야 했을지 모른다. 여자의 팬티였기에. 〈인주 팬티〉를 그리는 시간은 어쩌면 여성 강희선이 자신의 삶 또한 존엄한 인간의 자리에 앉히는 의식이었지 않을까 싶다. 이는 여든여섯의 강희선이 세상을 향해 고함지르는 '나는 여자 사람이다!'라는 선언식이다.

《할머니의 그림 수업》은 '너도나도 해방 찾기 사용 설명서' 다. 행복도 해방도 본질은 같을 것이다. 그럼에도 행복이 누군가에게는 욕망에 다다르는 목표까지 품는 것이라면 해방은 온전히 괴로움에서 벗어나는 지점을 짚는다. 선생과 제자의 해방 여정은 강력했다. 할머니들과 얽힌 사람들도 기쁨의 생물을 맛보았고 마을 사람들도 덩실덩실 환희의 잔치에 다가왔다. 육지에서 이주한 주민들도 하나로 어우러져 선흘 마을 공동체가 되었다. 마을 영농 조합에서는 할머니들의 그림을 스티커로 만들어 선흘에서 나가는 귤 박스에 붙이겠다며 그림을 달라 하고 어린아이를 키우는 엄마들은 아이들과 할머니들이 함께하는 그림 수업을 열고 싶어 한다.

마을에 복닥복닥 활기가 일고, 사람들은 뭔가 함께 재미나게 살아볼 일이 더 없을까 열심히 궁리하기 시작했다. 엄마들의 도시락 사업도 '할머니의 예술 창고' 전시 프로젝트가 성황을 이룬 지난겨울에 씨앗을 품었다. 그림을 그리며 내 안을 정리하고 펼쳐 보여 남의 마음도 말랑하게 풀어주다 보니 마을에 생기가 돌았다고나 할까? 똑같이 흐르던 시간인데, 선흘초등학교 돌담은 더 검게 반짝거리고 동백잎의 초록 윤기도 자르르 단단해졌다.

자! 이제 우리 차례다. 당신의 해방 여행을 떠나자. 선흘의 할망들처럼 아무거나 그려제껴 보는 거다. 빈 종이 한 장과 연필한 자루면 충분하다. 그도 없다면 물 한 사발 떠놓고 땅바닥에 앉아 손가락으로 그려도 좋다. 그림이 당신을 끌고 갈 것이다. 턱밑까지 올라왔던 마음이 숨구멍을 틔우고 고요히 가라앉는 마음 해방구로 가는 길이다. 용기를 내보자. 그 길에서 웅크린 아이가 고개 들어 눈을 맞춘다면 팔 벌려 안아주면 된다. 다 괜찮다.

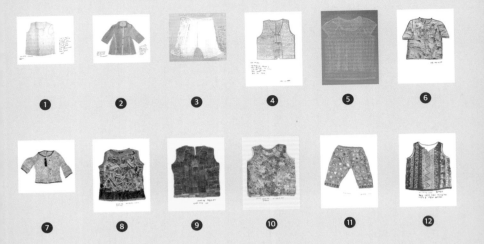

작품 목록

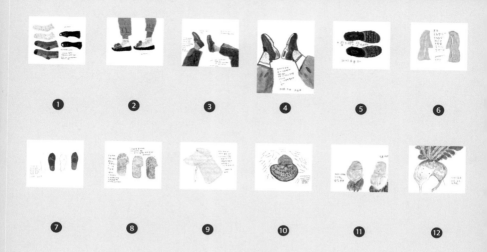

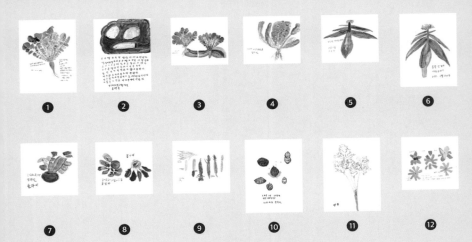

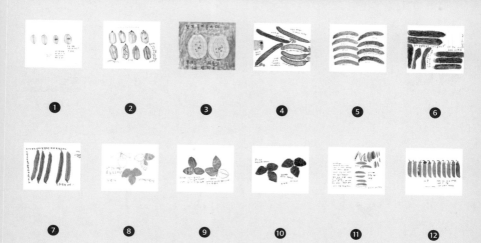

1. 고순자, 〈패적낭〉, 종이 위에 채색, 2022
2. 고순자, 〈우리 바매기는 선흘에 있다〉, 종이 위에 채색, 2022
3. 조수용, 〈화귤나무〉, 종이 위에 채색, 2022
4. 홍태옥, 조수용, 〈그림 연습, 나무를 그리다〉, 종이 위에 채색, 2022
5. 홍태옥, 〈아저씨 있을 때 같이 살던 집〉, 종이 위에 채색, 2022
6. 고순자, 〈부희순 할망 집〉, 종이 위에 채색, 2022
7. 강희선, 〈벽구〉, 종이 위에 채색, 2022
8. 조수용, 〈닭, 파랑새, 민들레〉, 종이 위에 채색, 2022
9. 강희선, 〈소〉, 캔버스 위에 채색, 2022
10. 부희순, 〈긴꼬리딱새〉, 종이 위에 채색, 2022
11. 부희순, 〈새〉, 종이 위에 채색, 2022
12. 강희선, 〈새〉, 종이 위에 채색, 2022

❶ 고순자, 〈부엌〉, 종이 위에 채색, 2022
❷ 윤춘자, 〈마루에 있는 그림〉, 종이 위에 채색, 2022
❸ 강희선, 〈딸이 준 나무〉, 종이 위에 연필, 2022
❹ 강희선, 〈꽃병〉, 종이 위에 채색, 2021
❺ 강희선, 〈방 안에 화분〉, 종이 위에 채색, 2022